Gwyntyll y Corwynt

STORI GYFOES

R. GERALLT JONES

GWASG GOMER
LLANDYSUL
1978

Argraffiad Cyntaf — Awst 1978

ISBN 085088 630 9

Dymunwn gydnabod cymorth a chyfarwyddyd adrannau'r Cyngor Llyfrau Cymraeg sy'n cael eu cefnogi gan Gyngor Celfyddydau Cymru.

Argraffwyd gan
J. D. Lewis a'i Feibion Cyf., Gwasg Gomer, Llandysul

RHAGAIR

YMDDANGOSODD y stori hon gyntaf fel nofel-gyfres yn *Y Cymro* o Fedi 1976 hyd at Fehefin 1977. Ychydig iawn o newid sydd wedi bod arni, ac rwy'n ddiolchgar i'r *Cymro* am y cyfle i ymddisgyblu'n wythnosol ac i arfer y grefft anrhydeddus o ddifyrru cynulleidfa mewn cyfnodolyn. Rwy'n ddiolchgar iddynt hefyd am eu caniatâd i ailgyhoeddi'r stori fel llyfr, ac i Wasg Gomer am ymgymryd â'r gwaith.

Fe fu peth sôn eisoes am y ffaith fod darnau sylweddol o Saesneg yn y llyfr hwnt ac yma, a hwyrach y byddai'n fanteisiol i mi amlinellu'r teithi meddwl a barodd i mi eu cynnwys ynddo. Hyd yn oed i'r Cymro mwyaf uniaith, mae adegau yn ei fywyd erbyn hyn pryd y maen'n meddwl yn Gymraeg ac yn siarad yn Saesneg—neu, o leiaf, yn gwrando ar Saesneg. Mae'r ffaith hon yn ddi-ddadl yn cario goblygiadau seicolegol-ieithyddol na ellir mo'u hosgoi, a'm teimlad i yw y dylid adlewyrchu'r goblygiadau hyn yn ein llenyddiaeth greadigol yn yr iaith Gymraeg. Yn y llyfr hwn, mae pob disgrifiad, pob dadansoddiad, pob ymson mewnol, yn yr iaith Gymraeg. Ond pan fo'r cymeriadau'n siarad Saesneg, yna Saesneg a geir, yn hytrach nag unrhyw ymgais i gyfieithu'r hyn a ddywedant i Gymraeg niwtral. Rwy'n ymwybodol, wrth gwrs, y gellid bod wedi cyfieithu'r cyfan ; fe fyddai hynny'n gonfensiwn llenyddol hollol dderbyniol. Ond fy mwriad i oedd adlewyrchu'r cymysgedd ieithyddol yr ydym yn anochel yn byw yn ei ganol. Dyma felly'r egwyddor. Credaf ei bod yn egwyddor ddilys. Yr wyf yn gwbl ymwybodol fod egwyddorion gwahanol i'w cael, a bod y rheini'n ddilys hefyd. Mater o ddewis yw hi, mewn sefyllfa gymhleth, sut orau i gyfleu bywyd real ein hoes ni yn yr iaith Gymraeg.

R. GERALLT JONES

Awst 1978

CYNNWYS

		Tud.
	RHAGAIR	5
Pennod 1	DISGWYL	9
Pennod 2	YN Y DDRYCIN	11
Pennod 3	CIPIO A CHYRRAEDD	15
Pennod 4	SÔN AM DDAMWAIN	17
Pennod 5	PRYSURDEB YN Y NOS	20
Pennod 6	ELIN WILLIAMS	23
Pennod 7	CARTREF NEWYDD	27
Pennod 8	BLE MAE ANDREW ?	30
Pennod 9	LLYGAD AM LYGAD ?	33
Pennod 10	CANOL BORE : EGWYL I FEDDWL	36
Pennod 11	HELYNT ANDREW	39
Pennod 12	CYFARFYDDIAD	42
Pennod 13	GWNEUD RHYWBETH	46
Pennod 14	CYNLLUNIAU ANDREW	50
Pennod 15		53
Pennod 16	GWLEIDYDDA	57
Pennod 17	ANDREW	60
Pennod 18	CHURCH STRETTON	63
Pennod 19	Y RHWYD YN CAU—AR DDAMWAIN	67
Pennod 20	MARTIN FREEMAN	71
Pennod 21	HELBUL ELIN	74
Pennod 22	' DRAW YMA'N RHYWLE ROEDD ANDREW YN CAEL EI GADW . . .'	78
Pennod 23	NOS AR Y MYNYDD	81
Pennod 24	UN AR DDEG	85
Pennod 25	CYFADDAWD	89
Pennod 26	AMHEUAETH	92
Pennod 27	TRYCHINEB	96

CYNNWYS (*Parhad*)

		Tud.
Pennod 28	. . . AR Y MYNYDD TYWYLL	100
Pennod 29	LLYGODEN FAWR	103
Pennod 30	HUNLLEF	106
Pennod 31	AWELON YR HYDREF	109
Pennod 32	DAU GAR YN Y NOS	113
Pennod 33	ELIN AC ANDREW	117
Pennod 34	Y GWRTHOD	120
Pennod 35	GWALLGOFRWYDD	123
Pennod 36	DIAL	127
Pennod 37	Y CARCHARORION—A GWENDID	130
Pennod 38	AGOR Y DRWS	134
Pennod 39	TYWYLL NOS	137
Pennod 40	CAU PEN Y MWDWL	141
Pennod 41	Y TERFYN	143
	EPILOG	146

Pennod 1

DISGWYL

SAFODD William Rowlands ar y rhiniog a syllodd i'r nos. "Dowch i mewn i'r tŷ, ddyn, a chaewch yr hen ddrws 'na. Be sy haru chi deudwch ?"

Trodd William ei gefn ar y storm ac eisteddodd o flaen sŵn y teledu. Ond yn anfoddog.

"Wel, mi ddyla fod yma erbyn hyn. Ddyla'r hen gwarfod 'na ddim bod wedi para mor hir â hyn".

"Rydach chi'n crwydro o gwmpas fel hen gath wedi colli'i chathod. Rhowch y gora' iddi, wir."

Aeth Marged Rowlands ymlaen â'i hysgrifennu dan y lamp ddesg yn y gornel. Chwiliodd William yn ei boced am ei getyn, ac aeth ati'n fanwl drafferthus i'w lenwi. Pobol ' chi a chitha' oedd William a Margaret, yn naturiol felly. Yn perthyn i'r genhedlaeth, ac i ardaloedd, sy'n gyndyn iawn i ddadlennu teimlad yn gyhoeddus, roedden nhw wedi llwyddo i gyd-fyw am hanner canrif ar lefel cwrteisi. Ac eto nid heb gyd-deimlo. Arferiad a moes oedd fframwaith eu byd. Oddi mewn i sicrwydd y fframwaith hwnnw, roedden nhw'n deall ei gilydd, ac yn gwybod faint i'w ddweud a faint i beidio â'i ddweud.

"Mi rydw i'n poeni amdano fo, Margiad, dydy hi ddim mwy na thri chwartar awr o daith o Abarystwyth. Mae hi'n tynnu am hannar nos".

"Mae hi'n noson ofnadwy, cofiwch".

"Dyna be rydw i wedi bod yn drio'i ddeud wrthach chi, ddynas".

Gwenodd Margaret Rowlands arno dros ei sbectol, ac aeth yn ôl at ei llythyrau heb ddweud dim. Ystyriai hi, a godwyd ar fferm yn Llŷn, fod William yn greadur gwyllt, ac nad oedd fawr gwell i'w ddisgwyl oddi wrth un a godwyd ym mynydd-dir Meirionnydd. Ysgrifennai'n gyson bob wythnos at ei merch, yr hynaf o'r teulu, er mai anaml y câi unrhyw ateb, a hwnnw, pan ddeuai, yn fyr a ffwr-bwt. Aeth ati nawr i ddweud hanes Meirion, yr ieuengaf o'r teulu, a oedd wedi troi allan i fod yn chwaraewr rygbi disglair. Ef oedd yr unig un hefyd a gadwai gyswllt ag Elin yn Llundain. Hwyrach y darllenai Elin y darn am Meirion, hyd yn oed pe na bai'n ymddiddori mewn unrhyw beth arall.

Cododd William unwaith eto, a mynd at y ffenestr. Tynnodd y llenni, a syllu i lawr i ddüwch y dyffryn, gan chwilio am olau car.

"Dim byd", meddai, "dim golwg".

Caeodd Margaret ei châs ysgrifennu a chadwodd ei sbectol. "William bach, mi wna i gwpaned o de i chi, ac erbyn y bydd hi'n barod, mi fydd Merfyn wedi cyrradd. Tydach chi ar biga drain fel tasa'r hogyn ddim ffit i ddwad o Abarystwyth ar 'i ben i hun. Dwn i ddim be sy haru chi heno".

Aeth allan i'r gegin, a gadael William yn anniddig o flaen y teledu, ei getyn o hyd yn oer yn ei law. Doedd William ddim yn gallu meddwl am Merfyn fel dyn pwysig yn y Llywodraeth. Rhywsut neu'i gilydd, wrth i Merfyn ddringo i frig gwleidyddiaeth, ac yntau'n fawr fwy na deugain oed, roedd ei wedd gyhoeddus wedi cilio i'r cefndir, cyn belled ag yr oedd William yn y cwestiwn. Yma yng Nghefn-brain yr oedd William yn ei adnabod, ymron fel mab bellach yn hytrach nag fel mab-yng-nghyfraith, yn cerdded y caeau, yn llwyddo i ddysgu llawer, dros y blynyddoedd, am y busnes o ffarmio, ond yn bwysicach, yn gwreiddio yn nhir Meirionnydd ac yn amlwg yn teimlo'r math o frogarwch yno na theimlodd erioed yn unman arall. Roedd William wedi tyfu'n hoff iawn ohono.

Canodd y ffôn yng nghornel yr ystafell, ac aeth Margaret drosodd ar unwaith i'w ateb.

"*No*", meddai, "*no, as a matter of fact he hasn't. No sign of him as yet. Yes. Yes, we will, as soon as he comes. Goodbye*".

Roedd William wedi codi o'i gadair, yn wyn fel y galchen. "Dim ond y dyn seciwriti 'na. Isio gwbod oedd Merfyn wedi cyrradd. Wyddost ti fel ma nhw ; dydy'r hogyn ddim yn câl munud o lonydd".

Gosododd hambwrdd wrth y bwrdd bach dan benelin William, eisteddodd ar y soffa a dechreuodd dywallt te.

"Mae o isio i ni roi ring iddo fo pan ddaw Merfyn".

"Ddaw o ddim. Mae rhywbeth wedi digwydd".

Cododd a cherddodd unwaith yn rhagor at y ffenestr a syllu'n hir i lawr i'r dyffryn.

"Mae rhywbeth wedi digwydd. Credwch chi fi".

Ac yna, fel y syllai, fe welai olau car yn sgubo rownd y gornel bella, lle roedd gyrrwr yn cychwyn ar hyd y ffordd drol droellog o'r lôn bost i gyfeiriad y fferm.

"Dyma fo !"

"Beth ?"

Rhedodd Margaret at y ffenestr, a sefyll wrth ei ochr.

"Beth ddeudais i wrthach chi ? Mi a i i wneud te ffres. Mi neith paned les iddo fo ar noson fel heno".

Safodd William yn llonydd yn y ffenestr a gwylio'r car yn dynesu.

Yna rhewodd drosto.

"Margiad ! Margiad !"

"Be sy ? Be sy'n bod rŵan ?"

"Nid car Merfyn ydy o. Car polîs ydy o. Weli di'r gola na ar y to ? Car polîs ydy o".

Siaradodd William Rowlands yn dynn ac yn dawel, ond gyda sicrwydd terfynol.

Pennod 2

YN Y DDRYCIN

Yn ôl ac ymlaen. Yn ôl ac ymlaen. Yn ôl ac ymlaen. Roedd y glaw'n hyrddio'n erbyn ffenestri'r car, ac er mor brysur y gweithiai'r weipars, prin y gallen nhw gael blaen ar y llif oedd yn pistyllio oddi ar y to. Roedd y noson mor dywyll â'r fagddu.

Aeth Merfyn dros ddigwyddiadau'r dydd yn ei feddwl. Yn ôl ei arfer bellach, ar ôl pob cyfarfod cyhoeddus, ceisiodd ail-fyw ei araith a'i ymateb i'r cwestiynau, gan basio barn yn fanwl-feirniadol ar ei berfformiad ei hun. Fe fu'r cyfarfod yn un digon llwyddiannus ; roedd Merfyn ar ei orau, yn ateb yn fyr ac yn ffraeth, ac yn cadw ei ben a'i dymer pan ofynnai'r cenedlaetholwyr gwestiynau miniog am ei ddyletswydd i Gymru. Er nad oedd fyth yn hollol fodlon, yn arbennig wrth ddod yn ôl i'r Gymru Gymraeg i siarad, doedd dim disgwyl iddo wneud yn well nag a wnaeth heno. Sut bynnag, gwaith anodd iawn oedd barnu effeithiolrwydd cyfarfod etholiad.

Llithrodd ei feddyliau'n raddol oddi wrth ddigwyddiadau'r nos at ei broblemau gartref. Arhosodd Elin yn Llundain, er iddi wybod yn iawn ei fod yn bwriadu aros y noson yng Nghefn-brain. Hwyrach oherwydd iddi wybod hynny. Teimlai ei fod yn nes at deulu Cefn-brain nag yr oedd hi y dyddiau yma, a hynny er gwaetha'r tensiynau gwleidyddol. Rhyfedd mor chwithig y digwyddai pethau. Ar y cychwyn, roedd ymateb William Rowlands i'r ffaith fod ei ferch yn bwriadu priodi Aelod Seneddol o'r Blaid Lafur yn boenus o gymhleth. Roedd fel pe bai hi wedi dod â dyn du adref i ginio. Ond enillodd moesgarwch Margaret y teulu drosodd yn fuan iawn, er bod ymateb Rhodri o'r cychwyn yn ddi-wrthdro. Derbyniodd William a'r plant eraill y creadur od newydd ar eu haelwyd heb lawer iawn o gynnwrf, ond gwrthododd Rhodri wneud dim ag o. Roedd y rhwyg yn rhy fawr. Ac i Rhodri, nid rhwyg gwleidyddol normal oedd o, ond y gwahaniaeth rhwng teyrngarwch a brad. Nid oedd dim tir cyffredin rhyngddo a'r twrnai lled-Gymraeg o Lundain oedd yn dringo'r ysgol wleidyddol mor brysur.

Wrth yrru fel hyn mewn bocs bach du, hyd yn oed ar noson mor wyllt, gallai Merfyn ddechrau anghofio pwy oedd o yng ngolwg y byd, a meddwl yn fwy hamddenol, fel yr arferai feddwl ers talwm, am bethau personol. Amdano fo ac Elin, a'r dyddiau dymunol oedd bellach yn rhywle yn niwl y gorffennol. Mor anodd rhoi bys ar y dolur. Mor anodd dirnad beth oedd wedi digwydd. Ac eto fe wyddai'n iawn, mewn gwirionedd.

Yn sydyn, fflachiodd golau car yn ei wyneb, a bu raid iddo roi ei holl sylw i'r car a'r gyrru wrth ddechrau dringo i fyny trwy Gorris, a chymryd y tro anferth lle roedden nhw o'r diwedd wedi dechrau trin y ffordd.

"Diolch i'r nefoedd", meddai wrtho'i hun, "roedd hi'n hen bryd iddyn nhw wneud rhywbeth i'r gornel 'na".

A llwyddodd i beidio â chofio ei fod o'i hunan cystal enghraifft o'r "nhw" â neb. Wrth feddwl am y gwylltineb y tu allan, edrychai ymlaen at gyrraedd cynhesrwydd y tân agored yng Nghefn-brain. Unwaith y derbyniwyd Merfyn gan y teulu'n gyffredinol, fe fu croeso cynnes iddo yng Nghefn-brain, a bellach, bob tro y byddai'n ymweld â Chymru, fe wnâi ei orau i alw yno. A rhywsut fe ddyfnhaodd y cyfeillgarwch yn hytrach na phallu fel y gwaethygodd pethau rhyngddo ac Elin yn ystod y flwyddyn ddiwethaf.

Heno, felly, ar ôl ei gyfarfod yn Aberystwyth, gadawodd ei yrrwr a'i gar swyddogol i hamddena mewn gwesty, llogodd gar preifat o'r garej arferol, a chychwynnodd i gyfeiriad Machynlleth. Fel y croesai Afon Dyfi a mynd heibio i'r arwydd a gyhoeddai "Gwynedd" cyn dechrau dringo i Feirionnydd, gwaethygodd y storm, a bellach roedd y gwynt yn chwyrlïo'r glaw yn ddilywodraeth.

Doedd y Gwasanaeth Cyfrin, wrth reswm, ddim yn hoffi'r arferiad yma ar ran yr Ysgrifennydd Diwydiant. Roedd pob aelod o'r Cabinet, i'w tyb hwy, yn agored beunydd i bob math o beryglon, a rhaid oedd cadw gwyliadwriaeth barhaus. Ond roedd Merfyn, beth bynnag, wedi llwyddo bellach i gael ei ffordd ei hun yn y mater yma.

Newidiodd i gêr is wrth droi i'r dde a chychwyn dringo'r allt hir i frig Tal-y-llyn. Meddyliai'n hiraethus sydyn am Dal-y-llyn yn yr haf, am gerdded ar y llethrau uwchben, ar y llwybrau sy'n arwain tua'r Gader, fo ac Elin, sawl blwyddyn yn ôl bellach. Ac wrth feddwl, daeth ton o wacter a thristwch drosto. Cofiai Elin yn ferch ifanc gwallt golau yn cerdded o'i flaen i fyny'r llwybr. Gallai weld o hyd ei cherdded rhwydd diymatal, cerdded un oedd wedi hen arfer ar lwybrau'r bryniau. Dyna oedd wedi ei ddenu yn Llundain, ei symud rhydd, diofn : hynny a'i hacen. Pan welodd hi gyntaf, yn un o fil bartïon Llundain, a hithau'n athrawes newydd orffen ei chwrs yn y coleg, roedd goslef ei llais rywsut yn cyffwrdd â rhywbeth pell iawn yn ei orffennol yntau. Yna'n sydyn, ar draws ei fyfyrion, daeth fflachiadau o olau ysbeidiol ar hyd y ffordd o'i flaen.

"Nid car ydy hwnna," meddai wrtho'i hun, er mai gwaith anodd iawn oedd gweld unrhyw beth.

"Damwain, tybed ?" Gofynnodd y cwestiwn yn uchel, arafodd y car, trodd y ffenestr i lawr, a gwthiodd ei ben allan i'r storm. Gwelai gysgodion yn symud, car wedi aros, fflachiadau'n chwifio i fyny ac i lawr.

"Wel, mae rhywbeth wedi digwydd, beth bynnag".

Tynnodd y car i'r ochr, a gadawodd i'r peiriant droi. Yna'n hollol ddirybudd, agorwyd drws y car ar ochr y gyrrwr, a fflachiodd golau cryf yn ei wyneb.

"*Yes, right. It is*".

"*OK. Move fast*".

Gafaelwyd ym Merfyn a'i halio allan o'r car gerfydd ei gôt. Yna ei gerdded ar draws y ffordd i gar arall a'i wthio i mewn. Digwyddodd popeth mor gyflym, chafodd o ddim cyfle i ddweud na gwneud dim. Cychwynnodd peiriant y car, a daeth llais tawel o'r tywyllwch wrth ei ochr fel y dechreuasant symud : "*Please forgive the manhandling. But I think you must agree that we acted with the minimum force necessary. We have a long journey ahead of us, and I should advise you not to draw attention to yourself in any way. We use peaceful methods when we can, but I must assure you that there is no way we are going to give you up, now that we've got you. If someone eventually has to be killed to ensure that, then someone has to be killed*".

Pennod 3

CIPIO A CHYRRAEDD

"*Cigarette ?*"

Ysgydwodd Merfyn ei ben. Edrychodd yn syth o'i flaen. Yr oedd y mwgwd am ei lygaid yn gwneud yr holl brofiad yn fwy afreal fyth.

Llamodd y car fel llewpart yn ddistaw ac yn llawn malais trwy'r glaw a'r tywyllwch.

"*We'll get you talking soon enough, Mr. Minister. We have ways . . .*"

"*Shut your face . . .*"

Am yr ail dro, clywodd Merfyn y llais tawel, awdurdodol wrth ei ochr. Tawodd y gyrrwr ar unwaith. Disgynnodd distawrwydd anghysurus unwaith yn rhagor ar y tri.

Nid oedd Merfyn wedi dweud yr un gair o'i ben. Fe'i taflwyd i sedd ôl y car, ac fe allai deimlo fod y pistol a bwysai'n gynnil yn erbyn ei asennau yng ngafael llaw gadarn a diffwdan. Cychwynnodd y car ar unwaith, a beth bynnag oedd gwendidau'r dyn yn y sedd flaen fel siaradwr, doedd dim o'i le arno fel gyrrwr.

Gallai Merfyn deimlo'r car yn cyflymu'n nerthol i fyny'r rhiw ac yn ymosod ar gorneli culion ffordd Tal-y-llyn yn gwbl ddiymdrech. Roedd y peiriant yn amlwg wedi'i atgyfnerthu ac i glust Merfyn, a fu am flynyddoedd yn gyrru ceir rali fel amatur, roedd rhithm a meddalwch Aston Martin yn ei lais. Croniclodd Merfyn y ffaith yn ei feddwl, arhosodd yn gwbl ddistaw, anadlodd yn ddwfn er mwyn ceisio arafu cyflymdra'i galon, a chanolbwyntiodd ar gofio pob manylyn posibl. Cyn hir, fe deimlai'r car yn ochri i'r dde heibio i dafarn Cross Foxes, a chyflymu fwyfwy ar hyd y ffordd wastad a arweiniai i'r Canolbarth.

*   *   *

Gwyliodd y ddau ddyn olau ôl yr Aston Martin yn diflannu rownd y gornel. Gwrandawsant am foment ar y peiriant yn pellhau, yna rhedodd y ddau'n ôl at y car bach du a safai'n llonydd wrth ymyl y gwrych, ei beiriant yn dal i redeg. Cyrhaeddodd un at y swits i ddiffodd y peiriant. Cydiodd y llall yn ei fraich.

"*No, you fool* ! *Leave it running*".

Edrychodd y cyntaf yn syn am foment. Yna neidiodd a phwysodd ymhellach i mewn i ollwng y brêc. Yna gwthiodd y ddau'r car at y dibyn. Ymddangosodd golau car arall rownd y gornel ar waelod y rhiw.

"*Come on* ! *Quick* !"

"*No, you bloody fool, wait* ! *There isn't time. Get in* !" Gwthiodd y llall i mewn. Rhoddodd y golau ymlaen y tu mewn i'r car. Cydiodd mewn map o'r boced wrth y drws, gafaelodd yn sgrepan ei bartner, a syllodd y ddau'n ffyrnig ar y map o'u blaenau tra nesaodd y golau, arafu am eiliad wrth fynd heibio, yna newid gêr, a rhygnu ymlaen i fyny'r rhiw.

"*All right. Out* ! *Quick* !"

Gyda'r nerth sy'n dod o ofn a dychryn, gwthiodd y ddau'r car dros y dibyn mewn mater o eiliadau, aros am foment hir nes iddyn nhw glywed y ffrwydrad pell a gweld fflach sydyn o dân o'r gwaelodion. Yna rhedeg yn fud trwy'r glaw i'r car arall a lechai heb olau yn yr hen chwarel wrth ochr y ffordd. Roedd eu gwaith ar ben.

* * *

Roedd hi'n glawio'n drwm yn Church Stretton hefyd. Ar ymyl y briffordd, gyda'i thrafnidiaeth gyson, mae tai braf yn sefyll yn ôl o'r lôn yn ddirmygus, gyda'u lawntiau a'u rhosod a'u coed pisgwydd a bedw, a'u hynafiaeth coeg diniwed. A hithau'n noson wlyb ac oerllyd roedd y tai hyn, a'u golau meddal yn annelwig trwy lenni trymion, costus, yn ymgorfforiadau o gysur a chynhesrwydd. Y tu ôl i'r llenni yn un o'r tai, roedd dadl ffyrnig yn poethi rhwng dau ddyn ac un ferch. Roedd y ferch yn oeraidd, ac yn llawn pendantrwydd. Roedd yr hynaf o'r ddau ddyn yn gwneud ystumiau eang ; ymddangosai fel pe bai ymron yn rhy ddig i ynganu brawddegau cyflawn. Roedd y dyn arall, yr ieuengaf o'r tri, yn ddistaw ac yn anesmwyth. Bob hyn a hyn, fe godai o'i gadair, a mynd i edrych yn ddisgwylgar trwy'r bwlch rhwng y llenni ar y glaw a'r nos.

"*For God's sake, why* ?"

Safai'r dyn hynaf fel ci bygythiol yng nghanol yr ystafell, ei wallt gwyn am ben ei ddannedd, a'i lais yn crynu.

"*Can you think of anywhere less likely* ?"

Eisteddai'r ferch yn llonydd ar y soffa. Yr unig beth a'i bradychai oedd y modd y disgynnai'r llwch oddi ar ei sigarét yn bentyrrau bach ar y carped.

"*It means an additional hostage. All kinds of unnecessary complications. And what if someone starts asking questions* ?"

"*You know very well no one calls here. He's so well accepted as a recluse, people have practically forgotten he exists*".

Tawelodd yntau am foment. Cerddodd yn ôl a blaen. Ond nid oedd wedi ei fodloni.

"*There's the personal element. Forget you ever knew him. Afterwards don't matter.*"

"*Here they are . . .*"

Trodd y dyn ifanc oddi wrth y ffenestr. Cerddodd yn gyflym i gyfeiriad y drws. Arhosodd y ddau arall yn llonydd, yn edrych ar ei gilydd. Doedd dim troi'n ôl bellach. Roedd o wedi cyrraedd.

Pennod 4

SÔN AM DDAMWAIN

"Wel, does neb yn medru diflannu".

Eisteddai'r dyn tawel, eiddil yr ochr arall i ddesg y Prif Arolygydd Edwards ac edrychodd y ddau ar ei gilydd.

"Gadewch i ni edrych yn gall ar y ffeithiau. Fe ddilynodd eich car chi y tu ôl iddo yr holl ffordd i fyny o Aberystwyth fel arfer. Fe aethon nhw i fyny at y fferm a dydy e ddim wedi cyrraedd yno . . . Oedd eich dynion chi'n gallu ei weld e'r holl ffordd ?"

"Mae hi'n noson wael. Digon posib y galla fo eu colli nhw, pe bai o am wneud hynny. Ond doedd o ddim yn gwybod fod neb yn ei ddilyn o".

"Ddim yn gwybod ?"

"Wel," gwenodd y Prif Arolygydd yn ansicr. Roedd o'n amlwg yn bryderus, ac yn troi pob posibilrwydd yn ei feddwl wrth ateb y llall, "roedd hi'n llai o drafferth felly. Doedd o'n cael dim cyfla i ddadlau. Mae o'n greadur penderfynol, ac fe allai fod wedi dweud ' Na '."

"Ac yn awr ?"

"Mae un swyddog wedi aros yn y ffarm rhag ofn iddo gyrraedd gyda rhyw eglurhad syml. Mae'r ddau arall wedi mynd â'r car yn ôl ar hyd y daith a chadw eu llygaid yn agored bob llathen". Canodd y gloch ar y ddesg. Cododd y Prif Arolygydd y derbynnydd ar unwaith.

"*Yes* ? *Oh* ! *Oh, very well*, dangoswch e i fyny". Ochneidiodd. Atebodd y cwestiwn yn llygaid y llall. "MI 6".

Eisteddodd y ddau'n llonydd, a chyn hir daeth cnoc ar y drws a cherddodd dau ddyn i mewn. Roedden nhw'n llenwi'r swyddfa, y ddau'n esgyrniog a solet. Roedd gwallt yr hynaf o'r ddau yn glaer wyn. Ysgydwodd law â'r ddau Gymro.

"*My name's Frampton, this is Mr. Evans. We were passing through the area ; heard there might be a problem. May we sit down* ?" Canodd cloch y teliffon unwaith yn rhagor. Nodiodd y Prif Arolygydd ddwywaith neu dair, ac edrychodd yn feddylgar ar y gweddill ar ôl rhoi'r ffôn i lawr.

"*Bad news* ?"

"*Sort of. My men lost him for about five miles beyond Machynlleth. It seems there was some sort of minor accident in the town. It happened in the traffic between the Minister and our car. He could have gone anywhere*".

Roedd wyneb y gŵr o Lundain yn hollol lonydd, ei allu i ganolbwyntio ar y pethau perthnasol yn otomatig, yn rhan o'i ffordd o fyw.

"*Well, let's not jump to conclusions. There may be no cause for concern. Is he likely to have gone to visit anyone else on the way* ?"

"*At midnight* ?"

"Might he have stopped at a hotel to avoid driving through the storm ?"

"Unlikely. He was heading through Machynlleth. If he was thinking of stopping anywhere it would be in the town". Eisteddodd yr ymwelydd yn llonydd am funud llawn. Yna cododd.

"I'm going up there, Chief Inspector. Meanwhile, would you be kind enough to set a double cordon ? Inner ring and outer ring, I think. Right ? At least we will have taken precautions. Be grateful if you would keep in touch".

Bu'r Prif Arolygydd yn brysur ar y ffôn mewnol am rai munudau wedi iddyn nhw fynd. Yna trodd at ei dditectif.

"Dim uffern o bwynt gosod cordon rŵan, wrth gwrs. Naill ai mae o'n statig yn rhywle'n agos, neu mae o allan o'n cyrraedd ni".

"Beth arall allwn ni wneud ?"

"Dim—ond aros".

* * *

Gyrrodd y car gwyn gyda'i streipen goch lydan swyddogol yn araf i lawr i gyfeiriad Tal-y-llyn, ei olau'n hollti'r glaw, a'r fflach—fflach—fflach ar y to'n cyhoeddi pwysigrwydd ei fusnes.

"Am blydi noson !" Tynnodd y gyrrwr hances anferth o'i boced a rhwbio'r ffenest unwaith yn rhagor. "Gobeithio'r nefoedd fod y ddynas 'cw'n barod hefo llond gwlad o datws yn popty".

"Mae hi'n od, mae'n rhaid i ti gyfadda !"

"Beth ?"

"Ble arall aeth o ar y fath noson? Tydy hi'n rhy hwyr i daro i mewn i nunlla". Syllodd y plismon arall yn galed ar hyd ochr y ffordd.

"Aros am funud. Dos yn ôl ychydig".

Neidiodd y siaradwr allan o'r car a cherddodd yn ofalus i geg hen chwarel oedd ar ochr y ffordd, gan flachio'r dors ar y llawr o'i gwmpas.

"Hei !" gwaeddodd, "tyd yma am funud. Mae na gar wedi parcio yn y fan hyn."

"Ar ei ffordd i lawr oedd o", meddai'r llall, "nid ar ei ffordd i fyny. Rhywun yn methu aros."

Aeth y ddau'n ôl i'r car a chario ymlaen yn ofalus i lawr yr allt. Yna rhegodd y gyrrwr yn uchel, a stopiodd y car ar drawiad.

"O, myn uffern ! !"

"Be wyt ti'n 'i neud ? Be ddiawl wyt ti'n 'i neud ?"

Ond roedd y gyrrwr wedi neidio allan a chroesi'r ffordd at wal y dibyn syth sy'n rhedeg i fyny'r ochr chwith i'r lôn yr holl ffordd i fyny'r allt ger Tal-y-llyn. Fflachiodd ei dors yma ac acw, ac yna dringodd dros ddarn o'r wal oedd wedi disgyn. Craffodd y llall trwy'r drws agored.

"Be sy'n bod ? Be wyt ti'n weld ?"

"Tyd yma. Rydan ni wedi ffeindio'r atab, mae arna' i ofn." Safodd y ddau ar ymyl y dibyn, ac i lawr yn y gwaelod, gan troedfedd a hanner oddi tanyn nhw, roedd sgerbwd car yn dal i losgi'n ffyrnig.

"Reit dros y blydi top, myn uffarn i ! Reit dros y blydi top !"

Edrychodd y ddau ar ei gilydd yn welw.

"Ffonia i mewn, 'ta Mae'n rhaid iddyn nhw gael gwbod "

"Na," meddai'r gyrrwr, "mae'n well i ni neud yn siŵr Does neb am gerddad allan o fan'na, ond fe alla rhywun fod wedi cael 'i luchio'n glir. Ffonia am ambiwlans, a mi a' i lawr i weld."

A chychwynnodd ar ei daith lithrig i lawr yr ochr, golau'r dors yn dawnsio'n wibiog o'i flaen yn y glaw.

Pennod 5

PRYSURDEB YN Y NOS

CHWARTER i ddau yn y bore. Roedd y gŵr ifanc oedd ar ddyletswydd nos yn swyddfa'r Prif Weinidog yn hepian yn ddigon cysurus pan ganodd y teliffon llwyd yn boléit ac yn sisialog ar ei ddesg. Cododd y derbynnydd, a gwrandawodd yn ddidaro am foment. Yna fe'i hysgydwodd ei hun yn effro, gwthiodd gudyn o wallt du o'i wyneb, a chyrhaeddodd am y pot coffi oedd yn ffrwtian ar y stôf fechan bwrpasol wrth ei ochr. Rhoddodd y ffôn i lawr ymhen munud neu ddau a chododd dderbynnydd teliffon arall wrth ei ochr, teliffon coch. Gallai glywed y rhybudd penderfynol yn canu mewn patrymau o dri chaniad rywle yn y pen arall. O'r diwedd, daeth llais cysglyd dros y wifren :

"*Armstrong. Yes ?*"

"*Emergency, sir. I'm using the scrambler.*"

Bellach yn gwbl effro, pwysodd y botwm bach ar ochr y teliffon coch, ac aeth ymlaen i ddweud ei neges. Roedd y llais y pen arall yn dawel ac yn brofiadol :

"*Right. Inform the Home Secretary immediately. Which Police Authority is it ? North Wales ? Insist on a detailed progress report before morning. To you and to the Home Office.*"

Ysgrifennai'r gŵr ifanc yn gyflym ar y pad o'i flaen. Yna arhosodd am eiliad, gan rwbio'i ên. Gofynnodd y cwestiwn nesaf ychydig yn betrus yng nghlust y teliffon coch. Fe ddaeth yr ateb yn ôl yn bendant ac yn awdurdodol :

"*No. He's had a long day. There's nothing he could do anyhow. Take it to him with the early dispatches at seven o'clock.*"

* * *

Roedd coesau trowsus duon smart Huw Edwards yn glynu'n oer wrth gefn ei goesau. Ac fe deimlai'r diflastod yn ymestyn o'r sgwaryn bach hwnnw o wlybaniaeth i fyny ac i lawr dros ei gorff i gyd. Er mai canol mis Hydref oedd hi, roedd bysedd oer y gaeaf eisoes wedi gafael yn Nhal-y-llyn, ar ôl poethder a sychder yr haf bythgofiadwy.

Edrychai'r Prif Arolygydd yn ddigalon ar lampau cryfion y ddau gwnstabl yn symud yn ôl a blaen ar waelod y dibyn fel magïod yn chwilota'n anniben a dall am gymdeithion. Roedd y tân bron iawn â diffodd yn y cenlli o law, a bellach roedd yn mud-losgi fel coelcerth ar ddiwedd noson tân-gwyllt, yn benderfynol ond yn ddifywyd.

Daeth car arall ar frys i lawr y rhiw o gyfeiriad Dolgellau, a'i olau'n fflachio a'r seiren yn ubain. Trodd Huw Edwards ei ben, a'i wylio'n hyrddio trwy'r pyllau llachar fel anifail gwyllt. "Pawb yn chware Kojak," meddai'n sarrug wrth y glaw.

Trodd y car i mewn i'r chwarel wrth ochr y ffordd, ac arhosodd yno'n llonydd, ei brif lampau'n diffodd fel llygaid yn cau, ond rhithm perffaith y peiriant yn dal i droi'n dawel ; roedd yr anifail yn gorffwys. Daeth Frampton ac Evans, y swyddogion o Lundain, allan o'r tu ôl yn eu cotiau glaw llwydion, a cherdded ar draws y ffordd tuag ato :

"*Has he bought it, then ?*"

"*Can't tell, sir, my men are still down there. Seems likely.*"

"*No sign anywhere else. Everywhere's as quiet as the grave.*"

Wrth flasu llafariad y gair olaf, distawodd Frampton, ac aeth i edrych yn wyliadurws dros y dibyn. Fel yr edrychai, dechreuodd un o'r goleuadau symud yn sbonclyd, igam-ogam, i fyny'r ochr. Wedi iddo gyrraedd hanner y ffordd, arhosodd, a chlywsant lais gwan yn hwylio i fyny o'r pellter, rhyw air neu ddau yn dringo'n glir tuag atyn' nhw, a'r lleill yn cael eu hyrddio i ffwrdd fel gwylanod ar adenydd y gwynt.

" . . . dim nymbar-plêt . . . dim corff . . . car heb losgi . . ."

Trodd Frampton at Huw Evans.

"*Is he makin' any sense?*"

"*Not really sir. We'd better wait until he comes up.*"

Ond ar sail yr hyn a ddaeth i'w glustiau ar y gwynt, roedd posibiliadau rhyfedd yn dechrau gwawrio ym meddwl y Prif Arolygydd.

* * *

Roedd hi'n noson glir yn Llundain, a'r glaw wedi peidio pan ddaeth y neges teliffon arall i Downing Street. Roedd y swyddog ifanc newydd fod yn y drws yn edrych allan i'r nos ac yn cyfnewid gair â'r plismon, yntau'n croesawu'r hindda, pan ganodd y gloch. Rhedodd y porthor ar hyd y coridor at y drws :

"*There's someone on the public line, sir. Seems very strange. I think you'd better take it . . .*"

Edrychodd y swyddog arno, yna trodd i mewn, a chydiodd yn y ffôn yn y cyntedd. Gwrandawodd am funud llawn heb ddweud gair, yna rhoddodd y ffôn i lawr gydag un frawddeg gwta.

"*I understand. I'll inform him.*"

Yna rhedodd i mewn i'r swyddfa, gafaelodd yn y teliffon coch, a cheisiodd ymdawelu, cyn dweud ei neges yn gall a chlir wrth y gŵr y pen arall.

"*Armstrong. Yes ?*"

Siaradodd y swyddog yn gyflym a diwastraff. Roedd yr ymateb yn bendant iawn o'r pen arall.

"*My God ! I'll be there in ten minutes. When I get there, I want a full account of everything you know so far. Don't tell those people in Wales about this, but ask for a regular progress report every half-hour . . . I'll wake him when I come. This is something I'll have to tell him myself.*"

* * *

Roedd hi'n parhau i lawio yn Nhal-y-llyn. Ac erbyn hyn, roedd nifer helaeth o blismyn yn gwlychu. Roedd goleuadau llachar yn goleuo'r ochr i gyd, a fflyd o blismyn yn crwydro'n ôl a blaen gyda'u lampau fel pryfed tân lloerig. Roedd tri car fflachiog, pwysig wedi parcio ar draws ei gilydd yn y chwarel. Yn un ohonyn nhw, roedd Huw Edwards wrthi'n anfon ei neges wag ar y lein uniongyrchol i Lundain. Ac er na wyddai'r hyn a wyddent hwy, fe deimlai'n gynyddol fod y ddrama wedi symud ymhell o Dal-y-llyn erbyn hyn.

Pennod 6

ELIN WILLIAMS

NID oedd William a Margaret Rowlands wedi mynd i'r gwely. Roedd hi'n bedwar o'r gloch, a'r gwynt yn dal i udo o gwmpas yr hen dŷ ffarm. Safai William yn y ffenestr, ond nid oedd unrhyw arlliw o'r wawr i'w weld eto dros yr Aran.

Felly, pan drodd car oddi ar y ffordd fawr, a chychwyn i fyny'r lôn droellog at y ffarm, sylwodd arno ar unwaith.

Trodd William at y cwnstabl ifanc oedd yn nodio uwchben ei gwpaned te :

"Mae 'na gar yn dwad at y tŷ."

Saethodd y plismon ar ei draed, cydio yn ei helmet a'i sodro ar ei ben.

"Mi a i i ddweud wrth y bois y tu allan".

Aeth ar frys trwy'r drws i'r iard, lle'r oedd dau arall yn hepian mewn car. Aeth allan yn drwsgwl, a gadawodd hwrdd sydyn o wynt i chwyrlïo drwy'r ystafell fyw. Fel y caeodd y drws y tu ôl iddo, canodd cloch y teliffon. Aeth William i'w ateb :

"Beth ? Fedra i mo'ch deall chi . . . Fedrwch chi weiddi, deudwch ?"

Gwrandawodd am eiliad diamynedd, yna rhoddodd y derbynnydd i lawr ar y bwrdd o'i flaen, a galwodd ar ei wraig : "Margiad ! Margiad ! Wnei di ddwad yma ? Mae rhywun ar y peth 'ma, a fedra i ddim dallt yr un gair. Hwyrach 'i fod o'n deud rhywbeth am Merfyn."

Daeth Margaret Rowlands yn flinedig o gyfeiriad y gegin, yn cerdded yn stiff ac yn benderfynol, ac yn dangos ei hoedran. Gafaelodd yn y ffôn ; gwrandawodd yn astud. Yna trodd at William, ei gwefusau'n dynn, a rhoddodd ei llaw dros geg y teclyn :

"Dos i nôl y plismon bach 'na, William."

"Beth sy'n bod ? Pwy sydd 'na ?"

"Dos i nôl y plismon !"

Ar y gair, agorodd y drws a safai'r plismon yno braidd yn ffrwcslyd, ac Elin Williams wrth ei ochr, ei chôt blew-camel yn ei harbed rhag y gwynt.

Gwelodd Elin y sefyllfa ar unwaith. Cerddodd yn bwrpasol ar draws yr ystafell :

"Gadwch i mi ei ateb e, mam."

"Elin, mae o wedi gofyn . . ."

"Gadwch i mi."

Cydiodd yn y ffôn, a gwrandawodd. Wedi gorffen gwrando, parhaodd i ddal y derbynnydd yn freuddwydiol yn ei llaw :

"Mae'n rhaid i mi gael gafael ar ' Security ' ar unwaith. Ble mae'r plismon yna ?"

Daeth yntau i mewn a chau'r drws yn drefnus ar ei ôl.

"Constable !"

Roedd Elin yn ferch hardd, gyda choesau hirion, bysedd gosgeiddig llawn mynegiant, gwallt lliw'r ŷd ym Medi. Roedd hi hefyd yn ferch o bersonoliaeth gref. Fflachiodd gorchymyn yn ei llygaid, a daeth y plismon ati ar unwaith. Yn sydyn, edrychai'n ifanc iawn. Yn ifanc ac yn ansicr ohono'i hun :

"Roeddach chi eisie gwybod pwy oeddwn i. Mrs. Williams ydw i, constable, gwraig Mr. Merfyn Williams. Nawr 'te, beth yw rhif eich penaethiaid chi ? Y rhai rydych chi i fod i ffonio pe bai rhywbeth yn digwydd ?"

"Wel, madam, fedra i ddim deud . . ."

"Beth ydy'ch enw chi, constable ?"

"Clarke, madam ; 343, Clarke."

"Wel, Constable Clarke, mae neges bwysig dros ben newydd ddod dros y ffôn. Rydw i'n awyddus i'w drosglwyddo fo i rywun mewn awdurdod."

"Elin . . ."

"Fy musnes i yw hyn, mam, os gwelwch chi'n dda. Hwyrach y byddech chi cystal â gwneud cwpaned o goffi i mi ? Mae hi wedi bod yn siwrna hir."

Trodd ei mam ar ei sawdl, ac aeth i'r gegin. Ni ddywedodd William yr un gair ychwaith. Cerddodd yn araf i gornel yr ystafell, ac eisteddodd yn y gadair freichiau. Edrychodd ar ei ferch gyda'i lygaid llonydd. Trodd hithau'n ôl at y plismon :

"Wel, Constable Clarke ?"

"Fy ordors i ydy ffonio Inspector Edwards o'r car, madam, os bydd rywbath yn digwydd."

"Wnewch chi ddweud wrtho fe, os gwelwch chi'n dda, fod gen i neges bwysig i'w drosglwyddo'n uniongyrchol i ' Security ' yn Llundain."

Arhosodd y cwnstabl yn ansicr am foment. Yna aeth allan unwaith yn rhagor. Eisteddodd Elin ar y soffa, a dechreuodd chwilota yn ei bag am sigarét a modd i'w thanio.

"Wyt ti'n meddwl fod yn rhaid iti drin pobol fel'na ?"

Gofynnodd William y cwestiwn yn ddigon didaro o'i gornel.

"Peidiwch â bod yn wirion. Wnes i ddim byd ond gofyn iddo fo drosglwyddo neges."

"Ydw i am gâl gwbod beth oedd y negas ?"

Chwythodd y storm i mewn unwaith yn rhagor, a safodd y plismon ar y trothwy, a'i gysgod anferth yn ymestyn ar draws y buarth :

"Fe fyddai'r Inspector yn ddiolchgar dros ben tasach chi'n siarad hefo fo ar y ffôn, madam ; i arbed amser."

"O'r gorau."

Cododd Elin oddi ar y soffa, a chymrodd ei hamser i groesi'r ystafell.

* * *

Chwarter wedi pedwar. Roedd Huw Edwards wedi dechrau crynu. Gwyddai ei fod yn magu dôs annifyr o annwyd. Eisteddai'n wlyb yn ei gar, yn disgwyl i Elin ddod at y ffôn. Roedd y noson wedi profi'n gynyddol aflwyddiannus. Bellach, roedd y plismyn wrthi hi'n symud y goleuadau unwaith yn rhagor, ac yn paratoi i godi sgerbwd car Merfyn Williams.

"Inspector Edwards. Ia, Mrs. Williams... Reit reit... wel, mae nhw yma nawr. Fe gaiff Mr. Frampton ddod at y ffôn."

Aeth at y car arall wrth ei ochr, lle roedd Frampton yn cysgu, â'i het dros ei wyneb. Siglodd ei ysgwydd yn ysgafn.

"*Sir* ?"

Agorodd Frampton un llygad. Yna deffrodd drwyddo.

"*Action at the farm, sir ; I think you'd better come to the phone.*"

"*Action ? What kind of action ?*"

"*Mrs. Williams has turned up there. She got some kind of threatening message, and she won't talk to anyone but you. But there's something very odd going on. She said the message was in Welsh.*"

Pennod 7

CARTREF NEWYDD

ARHOSODD meddwl Merfyn Williams yn oer ac effro trwy gydol y siwrnai. Ond gwelodd mai gwaith amhosibl oedd ceisio cofio holl droadau'r car yn ystod y daith. Ar y dechrau, llwyddodd i wneud hynny. Mater hawdd oedd sylweddoli eu bod wedi troi i'r dde yn Cross Foxes a gwaith hawdd hefyd oedd teimlo'r cerbyd yn disgyn dros Fwlch Oerddrws i Ddinas Mawddwy. Peidiodd â meddwl o gwbl am beryglon ei sefyllfa, a chadwodd ofnau draw yn ystod y rhan yma o'r daith trwy ganolbwyntio'n llwyr ar geisio dirnad natur ei amgylchedd trwy gyfrwng y synhwyrau oedd yn weddill iddo.

Ond sylweddolodd yn fuan wedyn nad oedd y gyrrwr yn bwriadu aros ar y ffordd fawr. Cymerodd y car dro siarp i'r chwith rywle y tu draw i Fallwyd, ac yna bu cyfnod helaeth o igam-ogamu, o ddringo a disgyn, a sgubo rownd corneli culion, fel nad oedd yn bosibl iddo gadw unrhyw drac ar ei gyfeiriad. Cafodd un awgrym yn unig oddi wrth ei ddau gyd-deithiwr. Daeth oddi wrth y gŵr swta a eisteddai mor llonydd wrth ei ochr heb gymaint ag ystwytho na choes na braich.

"*No,*" meddai'n sydyn, "*left here. Remember we've got to approach from the far side in the end.*"

Ac yna disgynnodd distawrwydd drachefn. Ddwywaith, o leiaf, aeth y car trwy dref a chroniclodd Merfyn y seiniau gwahanol yn ei feddwl tra chwaraeai llewyrch y goleuadau oren trwy'r mwgwd oedd dros ei lygaid. Amcanodd fod y siwrnai wedi ymestyn dros ddwyawr o leiaf pan arafodd y car am eiliad, yna troi'n ddirybudd i'r dde a chyflymu cyn arafu drachefn ac aros yn llonydd ar ddreif o gerrig mân. Clywodd y gyrrwr yn dringo allan, ac yn cerdded rownd i agor y drws iddo.

"*Out you get, sir. Stand quite still as soon as you feel your feet on the floor, and we'll guide you in.*"

Teimlodd ei ffordd yn drafferthus trwy ddrws y car. Yna gafaelodd breichiau cryfion ynddo ar y naill ochr a'r llall, a'i arwain yn ddigon gofalus dros hanner dwsin o risiau cerrig ac i mewn trwy ddrws tŷ. Gwthiwyd ef wedyn i lawr coridor hir, ac i mewn o'r diwedd i ystafell lle'r oedd carped trwchus ar y llawr. Yna clywodd y drws yn cau ac allwedd yn troi yn y clo. Yna'r distawrwydd dwfn sy'n rhan annatod o lonyddwch sydyn, annisgwyl. Cyrhaeddodd Merfyn am y mwgwd o gwmpas ei lygaid, ac ymbalfalodd i'w ddatod.

Winciodd nifer o weithiau er mwyn i'w lygaid gynefino wedi'r tywyllwch hir, ac edrychodd o'i gwmpas. Roedd mewn ystafell gysurus iawn, gyda bwrdd a bwyd wedi ei osod arno'n barod, tân trydan, silff o lyfrau clawr-papur newydd, a gwely sengl yn y gornel. Aeth i sbecian trwy'r llenni trwchus oedd wedi eu tynnu ar draws y ffenestri, ond cafodd fod caeadau pren wedi'u bolltio ar draws pob ffenestr o'r tu allan. Dyma oedd ei gartref i fod. Wrth edrych o gwmpas ar y moethusrwydd, y bwyd, y gwely, a synhwyro'r gofal a orweddai tu ôl i'r cyfan, daeth gwir don o ddychryn drosto am y tro cyntaf. Yr oedd yn amlwg ei fod wedi disgyn i ddwylo pobl ofalus ac effeithiol dros ben, beth bynnag oedd eu bwriadau.

* * *

Yfodd y Prif Weinidog yn araf, ac edrychodd dros ei sbectol ar Syr Thomas Armstrong. Roedd o hyd yn ei ddillad nos, ac eisteddai yntau a'i Ysgrifennydd Preifat mewn ystafell fechan gysurus yn union y tu draw i'w ystafell wely. Roedd bwrdd coffi rhyngddyn nhw, ac ar y bwrdd roedd Armstrong, eisoes yn berffaith dwt yn ei gôt ddu a'i drowsus streip, wedi gosod ei femorandwm ar ddigwyddiadau'r nos.

"*Right,*" llowciodd y Prif Weinidog weddill ei goffi, a gafaelodd eilwaith yn yr un ddalen o bapur lle'r oedd y ffeithiau wedi'u rhestru'n glinigol.

"*Let's see where we stand.*" Darllenodd y papur yn ofalus, yna gwthiodd ef oddi wrtho, ac eisteddodd yn ôl yn ei gadair esmwyth.

"*It couldn't be much worse. He's been lifted, clean as a whistle and taken God knows where by God knows who. They've left one burnt-out car, and apart from that, hardly a ripple. Security needs looking into, Tom, eh* ?"

Ochneidiodd Armstrong. Gwyddai y byddai hyn yn thema gan bawb, nid yn unig y Prif Weinidog, ond y wasg a'r cyfryngau hefyd. A ddylid medru herwgipio un o Weinidogion y Goron heb fod unrhyw swyddog yn ddigon agos hyd yn oed i daflu carreg ?

"*Well, it seems there was an accident . . .*"

"*I know what it seems. It's on your bit of paper. But that's not the point, anyhow. What about these messages* ? *Genuine* ?"

"*I really don't know, Michael.*"

Ac nid Armstrong un unig oedd mewn penbleth. Hyd yn hyn, ni ddaeth unrhyw neges swyddogol o gwbl oddi wrth y dynladron. Ond fe gafwyd dwy neges fel arall. Clywodd y Prif Weinidog eisoes fel y daeth un i glust y swyddog nos yn Nymbar 10, yn honni ei fod yn gwybod bod Merfyn Williams am gael ei gipio'r noson honno am resymau gwleidyddol; ac fel y daeth un i Elen Rowlands yng Nghefn-brain, yn yr iaith Gymraeg, yn ei rhybuddio ei bod hithau hefyd mewn perygl.

"*Not traceable, I suppose* ?"

"*Both from call-boxes. Both from London.*"

Suddodd y Prif Weinidog yng nghlustogau ei gadair am funud llawn, a'i ben yn ei blu. Yna cododd :

"*Right. Emergency meeting at* 10. *Not the whole Cabinet. Dennis, Shirley, Rees, and Morris, I suppose, it's on his patch. Look to the press release yourself. Give them the minimum. Be available yourself at* 10. *This is a bloody mess. Could be one great big snarl-up. Damn* ! *Damn and damn* !"

Ac aeth y Prif Weinidog i ffwrdd mewn tymer ddrwg i wisgo amdano.

Pennod 8

BLE MAE ANDREW ?

ROEDD Dafydd Pierce yn gysgwr trwm. A chysgwr yr oedd angen ei saith awr rheolaidd arno bob nos. Arferai gerdded o gwmpas ystafelloedd y bechgyn rywbryd rhwng un ar ddeg a hanner nos. Er mwyn sicrhau bod popeth yn dawel ac yn ddiogel. Yna am y gwely. Ac fel pob hen lanc, roedd angen rhyw ddigwyddiad chwyldroadol iawn i newid y patrwm yma. Roedd wedi bod yn Athro Tŷ yn ysgol breswyl Blaen-nos, gyda chyfrifoldeb deugain o fechgyn rhwng tair ar ddeg a deunaw oed, ers pum mlynedd bellach. Roedd e'n mwynhau'r gwaith. Roedd cwmni parhaus, miri, a hyd yn oed ddireidi criw o fechgyn swnllyd, yn ei gadw rhag mynd i rigol ddifater y canol-oed gorgysurus. Ond roedd yn rhaid iddo gael ei saith awr o gwsg. Ac fe wyddai'r bechgyn hynny.

Felly, pan glywodd Dafydd rhywun yn cnocio'n drwm ar ei ddrws, a'r awyr o hyd yn dywyll yn erbyn düwch dyfnach y deri y tu allan, fe wyddai yn ffrwst ei hanner-cwsg fod rhywbeth o'i le. Ymestynnodd am ei ŵn nos.

"*Right* . . . O'r gorau . . . Rwy'n dod."

Bustachodd ei ffordd ar draws yr ystafell, gan ymbalfalu am ei sbectol wrth fynd. Edrychodd ar ei wats. Roedd hi'n hanner awr wedi chwech. Syllodd ar y cysgod tywyll yn y coridor.

"*Yes* ? O, ti sydd yna, Robin. Be sy'n bod ?" Y stwcyn byr, gwallt golau a safai wrth y drws oedd prif fachgen y tŷ, Robin Davies. Roedd yn edrych yn bryderus.

"Dydy Andrew Williams, trydydd dosbarth, syr, ddim yn ei wely. Dydw i ddim yn credu ei fod e yn y Tŷ o gwbl."

Edrychodd Dafydd ar y bachgen. Doedd e ddim y math o swyddog ysgol oedd yn debyg o greu stŵr yn ddiachos.

"Tyrd i mewn. Dwed yr hanes."

"Wel, syr, mi oedd hi'n wyntog iawn neithiwr. Hwyrach na chlywsoch chi ddim," dan wenu, "ond mae f'ystafell i'r drws nesaf i ' dorm ' y bois bach, ac fe godais i i gau ffenest oedd yn curo'n erbyn y wal yn y ' dorm ' yn rhywle. Mae gwely Andrew wrth ymyl y drws, ac fe sylwes i 'i fod e'n wag."

"Fe fuost ti rownd yn chwilio wedyn ?"

"Do. Roedd gen i deimlad rywsut fod rhywbeth o'i le. Does dim golwg ohono fe yn y tŷ o gwbl."

"Wyt ti wedi gwneud yn sicr fod pawb arall yma ?"

"Do. Does neb arall wedi mynd."

"Wyt ti wedi deffro'r gweddill ? "

"Na. Dim eto. Roeddwn i'n meddwl y bydde'n well i mi eich deffro chi'n gynta."

"Reit. Wel, deffra nhw nawr 'te. Mi wna i gwpaned o goffi. Does dim angen panig. Fe all fod yn yr ysgol yn rhywle. Neu fe all fod un o'r gweddill yn gwybod rhywbeth. Mae'n well i ti ddod â nhw i gyd i mewn yma."

Ond doedd neb yn gwybod dim. Ymhen ychydig funudau o holi'r tai eraill, roedd hi'n berffaith amlwg fod Andrew Williams, mab Merfyn Williams, y gwleidydd, ar goll. Gydag ochenaid, a chan rwbio ei dalcen yn nerfus, estynnodd Dafydd Pierce am y ffôn. Drymiodd yn rheolaidd â'i fysedd ar y bwrdd wrth wrando ar y gloch yn canu yn nhŷ'r Prifathro. Roedd eraill wedi rhedeg i ffwrdd o'r ysgol yn eu tro wrth reswm, ond teimlai Dafydd rywsut fod yr achlysur yma'n wahanol.

* * *

Roedd William a Margaret Rowlands wedi cymryd eu perswadio o'r diwedd i fynd i'r gwely. Gorweddai'r ddau'n llonydd ac yn gwbl effro yn yr hen wely mawr a fu yno'n solet i rannu pob cyfrinach o'u heiddo dros y blynyddoedd. Rhoddodd William ei fraich am ei wraig a'i thynnu ato. Disgwyliodd y ddau'n dawel am olau dydd.

Ond roedd Elin wedi aros wrth y ffôn. Pendronai ynglŷn â'r neges a gafodd rai oriau ynghynt. A disgwyliai rhyw ymateb newydd o rywle. Eisteddai'n syth yn y gadair uchel wrth fwrdd y teliffon, yn ysmygu'r naill sigarét ar ôl y llall, ac yn clywed geiriau'r neges yn gwbl glir, drosodd a throsodd, yn ei meddwl.

"Mrs. Williams ? Peidiwch â cheisio olrhain y neges yma,

fydda i ddim ar y ffôn yn ddigon hir. Dim ond i chwi gael gwybod fod eich gŵr ar hyn o bryd yn ddiogel. Ar hyn o bryd. Fe fydd yn rhaid i rywun eu perswadio nhw i wneud yr hyn a fynnwn ni, neu fe fydd hi'n ddrwg arno fe. Ac nid arno fe'n unig. Fe ddaw neges swyddogol yn y man Yn y cyfamser, byddwch yn ofalus iawn."

Cymraeg cywir iawn. Gorgywir yn wir. Gydag acen anghyffredin. Acen dysgwr. Ond hefyd gyda rhyw arlliw arall. Roedd yn amlwg bellach fod Merfyn wedi ei gipio'n fwriadol gan rywun. Gan bwy ? Ac i ba bwrpas ? Stwbiodd y sigaret allan yn y blwch gorlawn, a chwiliodd yn ei bag am baced newydd. Yna canodd cloch y teliffon. Neidiodd ei llaw ato fel pawen anifail sy'n ei amddiffyn ei hun rhag perygl.

"Cefn-brain . . . Elin Williams."

"Bore da, Mrs. Williams. Ydy'r wawr wedi torri dros Gader Idris eto ? Fe dyr cyn hir. Dydy'r nos ddim yn gallu parhau am byth, yn nag yw ?"

"Beth 'dach chi isio ?" Roedd acenion Meirion wedi dychwelyd yn raddol i lefaru Elin dan bwysau'r amgylchiadau.

"Rydw i'n ffonio i ddweud wrthych chi y dyle gofal Ysgol Blaen-nos am eu bechgyn fod yn well, Mrs. Williams, a chwithau'n talu cymaint o arian. Bore da i chi."

Roedd y clic tawel y pen arall yn derfynol. Ymddangosodd William yn welw yn y drws, â'i lygaid yn goch, fel yr oedd Elin yn rhoi'r derbynnydd i lawr.

"Beth oedd hwnna ? Oes rhyw newydd ?"

"Nhad, rydw i ofn . . ." Rhedodd Elin at ei thad, a lluchiodd ei breichiau amdano, gan feichio wylo. Doedd dim modd ei thawelu na chael gair o synnwyr ohoni am funud neu ddau. Yna sythodd yn ei freichiau, a symudodd oddi wrtho.

"Rwy'n credu eu bod nhw wedi gwneud rhywbeth i Andrew. Mae'n rhaid ffonio Blaen-nos. Mae'n rhaid ffonio Blaen-nos ar unwaith."

A'i gwefusau'n dynn a'i llygaid yn galed, estynnodd unwaith yn rhagor am y teliffon.

Pennod 9

LLYGAD AM LYGAD ?

DEFFRÔDD Merfyn Williams, ac edrychodd o'i gwmpas. Cofiodd ar unwaith fod rhywbeth trwm ac annifyr wedi digwydd, ond y peth a'i hyrddiodd yn ôl mewn amrantiad i realiti ei sefyllfa oedd olion ei swper canol nos ar y bwrdd yng nghanol yr ystafell. Cofiodd bopeth ar drawiad. Roedd wedi bwyta rhywfaint o'r bwyd, wedi mynd i orwedd ar y gwely, ac wedi cysgu'n drwm yn ei ddillad, fel yr oedd. Yn awr, teimlai'n boeth ac yn annifyr, a gordd cur-pen yn morthwylio'n gyson, ddiddiwedd yn ei ymennydd.

Aeth at y llenni, a'u hagor. Y tu allan, fel o'r blaen, roedd caeadau solet ar draws pob ffenestr. Fel yr oedd yntau wrthi hi'n gwbl ddibwrpas yn ceisio eu hysgwyd, agorodd y drws yn dawel a daeth un o'i gymdeithion ar y siwrnai'r noson gynt i mewn. Cerddodd ar draws yr ystafell gyda hambwrdd â brecwast o facwn ac wyau arno. Gosododd yr hambwrdd ar y bwrdd heb yngan gair. A heb edrych ar Merfyn o gwbl. Yna trodd ar ei sawdl ac aeth allan yr un mor ddistaw. Caeodd y drws yn dawel ar ei ôl. Doedd dim sŵn allwedd yn troi yn y clo ; llamodd Merfyn ar draws yr ystafell, a dechrau plycio'n orffwyll yn nwrn y drws. Roedd y cyfan mor ddiogel â chraig. Roedd y drws yn amlwg yn ei gloi ei hunan yn otomatig. Aeth i eistedd wrth y bwrdd, fe'i gorfododd ei hun i dywallt cwpaned o goffi du, a cheisiodd adolygu ei sefyllfa.

Medrai orfodi ei feddwl i weithredu'n ddadansoddol-oeraidd. Yr oedd hynny yn rhan o'i swydd. Yn sicr, felly, roedd yn ddigon disgybledig i wneud hynny nawr. Ond ni allai gael gwared â'r boendod ym mhwll ei stumog. Ni allai gael gwared â'r ofn. Fe wnâi bopeth ar y funud mewn cwmwl o ofn. Pwy bynnag oedd yn gyfrifol am ei gipio, fe wyddai y byddent yn siwr o fod yn barod, pe deuai'r galw, i'w ladd. Edrychodd ar ewynnau ei ddwylo. Edrychodd ar ei wyneb yn y drych uwchben y gwely. Ni allai ddychmygu angau. Bod yn ddiffrwyth. Peidio â bod. Dechreuodd y broses o ddadfeilio, o bydru. Y pryfed yn ymhel o'i gwmpas, yn chwilio gwendidau'r corff, yn dechrau cynrhoni drosto . . .

Agorodd y drws a daeth rhywun arall i mewn. Ysgydwodd Merfyn y cysgodion oddi wrtho, ac edrych ar y ferch a safai o'i flaen. Yna fe welodd y drws yn agor unwaith eto, a gŵr canol-oed, penwyn, yn cerdded yn drymaidd drwyddo. Yr un gŵr ag a gariodd yr hambwrdd brecwast ychydig yn ôl. Ond y tro yma roedd yn cario dryll. Yr oedd yn ei gario'n ddifater rywsut. Fel pe bai wedi anghofio fod dryll yno o gwbl, yn hongian wrth ei fysedd. Aeth i eistedd yn surbwch ar y gwely, y dryll yn ei law bellach yn gorwedd yn llac ar ei liniau. Edrychodd y ferch i lawr ar Merfyn. Siaradodd yn gyflym ac yn ddiwastraff :

"*We must apologise for leaving you in suspense. Things are now in order. We are about to make an official announcement about our intentions. You may as well hear it first-hand.*"

Astudiodd Merfyn hi'n ofalus, tra agorodd y drws am y trydydd tro, gan adael bachgen ifanc i ddod i mewn gyda theliffon ar fflecs hir, a'i roi yn ei dwylo. Roedd y ferch oddeutu deg ar hugain oed, yn dal ac yn osgeiddig, gyda bronnau bychain tyn a gwallt tywyll. Roedd ei hwyneb yn nobl. Roedd iddo linellau cryfion, clir. Roedd ei gwefusau nwydus, llawn, yn croes-ddweud caledi'r llygaid llwydion. Ei llygaid oedd yn gyrru ias i lawr ei gefn. Teimlai Merfyn y gallai edrych ymhell yn ôl i'w dyfnderoedd, heb ganfod ôl o dosturi nac angerdd, nac yn wir o unrhyw deimlad. Roedden nhw'n gwbl ddigynnwrf, fel afon dan rew. Ac eto roedd y dwylo a gydiai yn y teliffon yn ddwylo ystwyth, ifanc, a'r bysedd yn llyfn a gosgeiddig. Teimlai Merfyn dristwch dwfn wrth edrych arni. Gorffennodd hithau alw'r rhif yr oedd arni ei eisiau, ac yna siaradodd yn hollol dawel a difynegiant :

"*Is that the ITN Newsdesk ? Please listen carefully. I speak on behalf of the people of Ireland We have captured the British Secretary of State for Industry, and we hold him a prisoner of war. He will be well looked after, and will be released if our demands are met. If they are not met, his life will be regarded as forfeit. The nature of our demands will be made clear shortly.*"

Rhoddodd y ffôn i lawr, a throdd at Merfyn gyda gwên yn fflachio am eiliad fer i'w llygaid.

"*It's so tiresome. I can't afford to phone for more than a minute at a time, or they might begin to trace me. So I have to leave more than one message. It's all rather silly.*"

Ychydig o acen Wyddelig oedd i'w glywed yn ei llefaru : roedd ei Saesneg yn Saesneg Rhydychen.

Trodd y deial unwaith yn rhagor. Disgynnodd y cen rhew eilwaith dros ei hwyneb. Dechreuodd siarad :

"*Home Office ? I would like this message conveyed to the Secretary of State. It will not be repeated. Unless Fergus Kevin O'Reilly and the six men arrested with him are released unconditionally within* 48 *hours, the British Secretary of State for Industry, who is at present in our hands, will be executed. The British Government should declare their intent through the normal public media. We will not dispatch any further message. Nor are we open to negotiation.*"

Rhoddodd y ffôn i lawr unwaith yn rhagor. Edrychodd ar Merfyn yn fyfyrgar am foment. Yna cerddodd y tri trwy'r drws a'i adael gyda'i feddyliau.

Roedd Fergus O'Reilly, un o brif arweinyddion y "*Provos*" yng Ngogledd Iwerddon, ynghyd â chwech aelod arall o'r mudiad, newydd gael ei ddedfrydu i farwolaeth mewn achos a greodd gynnwrf cenedlaethol. Penderfynodd y Llywodraeth erlyn y grŵp cyfan a gafwyd yn euog o ladd pymtheg o filwyr mewn barics yn Belfast, dan gyfraith teyrnfradwriaeth, sy'n cario'r gosb eithaf, yn hytrach na'r cyfreithiau arferol. Aeth ton o sioc dros y wlad pan glywyd am y ddedfryd. Dyma'n awr y canlyniad.

Agorodd y drws unwaith eto. Rhoddodd yr hynaf o'r ddau ddyn ei ben i mewn :

"*She forgot to tell you. We've got your son as well. So just be careful.*"

Pennod 10

CANOL BORE : EGWYL I FEDDWL

Roedd hi'n bum munud i ddeg. Roedd gan y Prif Weinidog yr enw am fod yn brydlon. I raddau'n ffyslyd o brydlon. Ac am fynnu fod eraill yn brydlon hefyd. O ganlyniad, roedd y pwyllgor bach a alwodd am ddeg eisoes yn barod i ddechrau ar eu gwaith mewn ystafell gartrefol yn agor allan o brif Ystafell y Cabinet.

Pan gerddodd y Prif Weinidog i mewn, cododd y chwech oedd yn ei ddisgwyl, pump Gweinidog ac Ysgrifennydd y Cabinet, gan geisio darllen ei wyneb. Roedd yn teimlo'n ddifrifol ac yn bryderus, ac ni allai guddio hynny. Tueddai i fod braidd yn ffurfiol hyd yn oed mewn cyfarfodydd anffurfiol o'r criw dethol a fyddai'n penderfynu gyda'i gilydd beth oedd raid i'r Cabinet llawn ei danlinellu, a beth ellid ei basio ymlaen yn syth i adrannau'r Llywodraeth. Eisteddodd pawb heddiw mewn awyrgylch o argyfwng.

Taniodd y Prif Weinidog ei getyn, gweithred otomatig erbyn hyn, a chwifiodd fatsen i gyfeiriad y gŵr gwelw, byr ei olwg, a eisteddai ar y dde iddo :

"*So ; what does the Home Office think* ?"

"*I can't say we've had much thinking time, Prime Minister. It's a very tricky one. I'd like to reserve judgement.*"

Daeth llais sarrug oddi wrth y gŵr gwargrwm a eisteddai y pen arall i'r bwrdd. Siaradai'n angerddol, ei sbectol yn gam a'i wallt am ben ei ddannedd :

"*It's the logical consequence of that lunatic court decision, isn't it* ? *We should never have gone along with it . . .*"

"*No choice, Michael. Court decision's a court decision.*"

Roedd y Prif Weinidog yn bendant.

"*All right. But you intended to commute it. How the hell can you commute it now* ?"

Edrychodd y Prif Weinidog yn syth i lawr y bwrdd dros ei ail fatsen, ac ysgydwodd ei ben.

"*No point going over all that anyhow. What do we do, that's the question, not what did we do . . .*"

Ysgydwodd y llall ei ben hefyd. Arhosodd am eiliad cyn ateb, yn ymladd am ei anadl, yn wyneb y tyndra cyfarwydd yn ei frest, yna dywedodd yn araf :

"*It's one hell of a mess. But there's no question of accepting their terms. I just don't see how we can.*"

Roedd y dynion yn nodio, os yn anfoddog. Ond cododd yr unig ferch ei phen, gwthiodd ei gwallt yn ôl gydag ystum nodweddiadol ohoni, a phwysodd ymlaen i siarad.

"*I think they must know that. They can't mean this to be their last word. We're bound to hear from them again.*"

"*Yes,*" meddai un o'r gweddill, "*we must find out what they're really after.*"

"*How can we ?*" Gwenodd y Prif Weinidog yn wan. "*They haven't left us a telephone number.*"

Aeth y drafodaeth ymlaen yn hir. Erbyn hanner awr wedi un ar ddeg, roedd yr awyrgylch yn drymach fyth. Ceisiodd y Prif Weinidog dynnu'r llinynnau at ei gilydd :

"*Clearly, it must go to Cabinet. But I think we cannot recommend acceptance of their demand ? For the present we stand firm and await developments ? Some message to Mrs. Williams is called for, I feel.*"

Ac aeth y cyfarfod ymlaen, os nad yn hollol hapus, i drafod materion eraill.

* * *

Erbyn hanner awr wedi un ar ddeg, roedd Elin wedi gyrru'n wyllt i lawr o Gefn-brain i Ysgol Blaen-nos, yn groes i gyngor William a Margaret, ac eisteddai'n gynnwrf i gyd yn ystafell y Prifathro, y ddau'n hanner disgwyl rhyw newydd ar y teliffon o rywle, rhyw lygedyn o obaith ynglŷn â thynged Andrew. Un sylw slei ar y ffôn i Elin oedd yr unig awgrym pendant fod unrhyw gysylltiad rhwng diflaniad Andrew a helbul ei dad. Roedd wedi diflannu'n dwt ac yn daclus ; dyna oedd yr unig sicrwydd. Nid oedd neb yn yr ysgol wedi gweld na chlywed dim. Fe'i swynwyd i ffwrdd mor derfynol â'r gwlith yn y bore, heb adael dim o'i ôl. Yr unig gysur i Elin oedd ei fod wedi gwisgo ei ddillad bob dydd, gan gynnwys anorac go drwchus. Fe gafodd y gras i ddiolch nad oedd e ddim ar hyd y lle yn ei ddillad nos.

* * *

Tra oedd y Prifathro'n ceisio tawelu Elin ym Mlaen-nos, ac yn ceisio dyfalu drosto'i hun sut y gallai'r peth fod wedi digwydd mor ddisylw, doedd yr Heddlu fawr callach yn Nolgellau. Cyn belled ag yr oeddynt hwythau yn y cwestiwn, roedd Merfyn hefyd wedi diflannu i'r niwl. Eisteddai Huw Edwards mewn dillad sych yn ei swyddfa, ei lygaid bron â chau gan flinder, mapiau o bob math o'i flaen, a'r gynrychiolaeth o MI 6 a lleoedd cyfrin eraill bellach wedi cynyddu mewn nifer. Roedd yr Heddlu wedi gosod gwylwyr ymhob awyrborth masnachol o faint, ac wedi codi blociau ar y ffyrdd oedd yn arwain i'r traffyrdd M5 ac M6. Ond roedd hi'n gwbl amlwg i bawb ohonyn nhw fod y dynladron wedi llwyddo'n gelfydd iawn i fynd dan ddaear. Doedd dim i'w wneud ond gwylio a gwrando a gobeithio y deuai rhywbeth i'r wyneb. Ond prin oedd y gobaith. Doedd yr Hollalluog ei hunan, fel y dywedodd rhyw un o'r Saeson, ddim wedi cyflawni llawer iawn mewn dau ddiwrnod.

* * *

Y bobl brysuraf o bawb oedd bois y cyfryngau. Roedd gohebwyr, camerâu a meicroffonau lu wedi bod yn teithio trwy'r bore i gyfeiriad Cefn-brain a Thal-y-llyn, a chynrychiolwyr Harlech, y BBC a'r ITN o Lundain i gyd yn chwilio am lecyn unigryw ac ysblennydd i ddweud eu pwt am gar yn cael ei wthio dros ddibyn, am wleidydd yn diflannu, am fygythion, a'r posibilrwydd o drasiedi. Roedd plismon wedi ei osod wrth giât Cefn-brain, i'w hatal rhag tarfu ar heddwch cyffuriol William a Margaret. Hwythau wedi cael rhyddhad dros dro, ar orchymyn y meddyg, rhag yr hunllef oedd yn rhuo o'u cwmpas.

Pennod 11

HELYNT ANDREW

ROEDD Ysgol Blaen-nos yn berwi o blismyn. A'r disgyblion, wrth reswm, ym mwynhau'r cynnwrf i'r eithaf. Ond yn ystafell y Prifathro, lle roedd Huw Edwards a John Frampton wedi cyrraedd i ymgynghori â'r swyddogion lleol, roedd yr awyrgylch yn drwm. Wedi i Frampton fynd i ffwrdd i fwrw golwg ar y ' dorm ' ac i arolygu gwaith y tîm o blismyn lleol oedd yn cribinio'r adeilad a'r amgylchoedd am unrhyw arwydd o gwbl a allai fod o gymorth iddyn nhw, trodd y Prifathro at Huw Edwards, oedd yn gyn-ddisgybl iddo.

"Oes gen ti unrhyw syniad o gwbl ble maen nhw wedi mynd ag e ?"

"Digon o syniadau. Dim gwybodaeth. Dim byd o gwbl."

"Ydych chi'n hollol sicr fod y ddau beth yn gysylltiedig ?"

"Ddim yn nhermau'r Heddlu, na. Does gynnon ni ddim prawf fod unrhyw gyswllt o gwbl. Chawson ni ddim negas ond yr hyn a glywodd Mrs. Williams ar y ffôn. Fe allai fod yn gyd-ddigwyddiad dychrynllyd. Ond os ydach chi'n gofyn i mi fel person preifat, yna rydw i'n sicr, ydw. Mae'n rhan o'r un cynllwyn."

Aeth y Prifathro ar draws yr ystafell i dywallt cwpaned arall o goffi iddo'i hun. Ochneidiodd yn ddwfn ac yn ddiarwybod. Roedd Mansel Roberts wedi bod yn Brifathro ar Flaen-nos ers chwarter canrif. Fe fu Huw Edwards yn ei chweched dosbarth cyntaf, ac roedd yn ei adnabod yn dda. Gwyddai Huw fod berw o deimlad a chroes-deimlad yn gyrru'r dyn eiddil, gwelw yma'n barhaus. Gwyddai mai'r ysgol oedd ei fywyd, a gwyddai am ei ymdeimlad personol tuag at y bechgyn. Gwyddai'n union beth oedd yn mynd trwy ei feddwl ar hyn o bryd. Ac yn y man, daeth y cwestiwn yr oedd wedi bod yn ei ddisgwyl.

"Ydy o mewn perygl ? Y bachgen ?"

"Fedra i ddim deud nad ydy o ddim mewn perygl'.' Edrychodd Huw arno, yn hen ŵr bore heddiw, ei wallt brith yn aflêr am unwaith, a'i gefn yn grwm iawn. Ond fe wyddai nad oedd pwrpas dweud celwydd wrtho. Roedd yntau, fel unrhyw blismon gwerth ei halen, wedi hen ddysgu synhwyro celwydd. Eisteddodd y Prifathro'n drwm mewn cadair freichiau, a'i orfodi ei hun i droi ei goffi'n araf ac yn ofalus.

"Cofiwch," meddai Huw, wedi rhoi amser iddo dreulio'r ffaith ganolog, "dydw i ddim yn credu fod y perygl yn bygwth ar unwaith. Mae'n dibynnu'n union pa mor hir yr aiff y busnes yn ei flaen."

"Ac mae e'n debyg o fynd ymlaen yn hir ?"

"Mae hi'n job lân iawn. Mae'n ddrwg gen i swnio'n oeraidd, ond o safbwynt cynllunio a gweithredu'n effeithiol, fe fyddai'n anodd dychmygu gwell model o ddynladrad."

"Beth wyt ti'n alw'n job lân ?"

"Y cydweithredu mewn dau le gwahanol ar yr un pryd. Sydynrwydd y peth. Y ffaith eu bod nhw wedi diflannu mor llwyr o olwg pawb. Ac mae un achos cysur, beth bynnag."

"Beth ?"

"Does dim arwydd fod unrhyw niwed personol wedi digwydd naill ai i Merfyn Williams na'i fab. Fe ddywedwn i fod y ddau'n ddiogel mewn rhyw guddfan ar hyn o bryd. Ac fe arhosan nhw'n ddiogel am ychydig."

"Am ychydig ?"

"Hyd nes bydd y dynladron yn gwybod yn bendant nad ydy'r Llywodraeth ddim yn bwriadu bargeinio. Fe allai pethau fod yn anodd wedyn."

"Ac wrth gwrs, does dim siawns y bydd y Llywodraeth yn fodlon bargeinio ?"

"Dim siawns o gwbl, ddwedwn i. Gan eu bod nhw wedi mynd cyn belled â chaniatáu i'r achos gario dedfryd o farwolaeth yn y lle cynta, dydw i ddim yn gweld sut y gallan nhw fynd yn ôl ar eu gair. Fe fyddai'n golygu diwedd ein presenoldeb ni yn Iwerddon, i bob pwrpas."

Agorodd y drws, a daeth John Frampton i mewn.

"*Clean as a whistle. Not a mark. Nothing.*" Trodd at y Prifathro, "*Not too much security about this place at night, sir ? Pretty easy to get in and out, wouldn't you say ?*"

"*This is a school, Mr. Frampton. We lock up our valuables, but we don't normally think it necessary to lock up our human beings.*" Roedd Mansel Roberts wedi adennill rhywfaint o'i gydbwysedd arferol, ac nid oedd yn hoffi agwedd glinigol-deledol y gŵr o Lundain.

"*Your concern, of course, sir. But we live in strange times. Mind if I help myself* ?"

Aeth at y bwrdd coffi, gan adael y Prifathro i syllu'n unig trwy'r ffenestr ar ddail yr hydref yn hedfan yn hardd yn y gwynt y tu allan. Ar y ffordd, rhuai'r drafnidiaeth arferol heibio'n hollol ddifater ; ond roedd ei fyd e wedi aros yn ei unfan, fel wats wedi stopio ar drawiad.

* * *

Pan ddeffrôdd Andrew yng nghanol y nos, a chlywed rhywun yn galw ei enw'n barhaus ond yn ddistaw yn ei glust, cododd yn ei hanner-cwsg a mynd allan trwy ddrws y ' dorm ' gyda nhw. Yna fe deimlodd law fawr yn cau am ei geg, ac yntau'n cael ei gario'n rhwydd ac yn ysgafn i lawr y grisiau ac allan i awyr oer y nos. Roedd yn eistedd mewn car yn y ffordd fawr cyn iddo ddeffro'n iawn, a'r car wedi dechrau symud yn esmwyth trwy'r tywyllwch. Credai ei fod yn breuddwydio. Nid oedd achos iddo feddwl unrhyw beth gwahanol. A phan deimlodd wydr a diod oer yn cyffwrdd â'i wefusau, fe'i derbyniodd fel y mae dyn yn derbyn unrhyw beth mewn breuddwyd, yn anfoddog, ond heb lawer o brotest. Yna, fe glywodd lais merch ; llais addfwyn a charedig:

"*OK, son. Just swallow this. You'll feel better.*" Llyncodd y bilsen, a llithrodd yn ôl i gwsg trwm fel y mae dyn yn disgyn o freuddwyd i dywyllwch llwyr drachefn.

Pan ddeffrôdd, roedd rhywun yn sibrwd yn ei glust unwaith yn rhagor. Dyn, y tro hwn. Llais caled. Nid oedd yn ei hoffi.

"*Wake up, kid. Your father's on the line. Come on. Wake up* !"

Ac yna, am y tro cyntaf yn yr antur, eisteddodd i fyny yn ei wely, ac edrychodd yn syn o'i gwmpas. Roedd mewn ystafell ddiarth. Roedd papur wal pinc a gwyrdd, a ffenestri bychain, a drws brown gyda phaneli. Ond ni chafodd amser i edrych o'i gwmpas. Gwthiwyd derbynnydd teliffon i'w ddwylo, a daeth y llais cras unwaith eto.

"*Come on, kid ! Get with it ! Wake up.*"

Gosododd y derbynnydd yn gysglyd yn ei glust, a chlywodd lais ei dad.

"Andy ? Wyt ti yna ? Wyt ti'n iawn ? Ateb ; wyt ti yna ?"

"Ydw, dad. Dad, beth sy'n digwydd ? Beth . . ."

Ond tynnwyd y teliffon ymaith a chlywodd Andrew'r clic terfynol fel y gosodwyd y derbynnydd yn ôl yn ei le. Caeodd y drws, ac fe'i gadawyd ar ei ben ei hun. Gorweddodd ar wastad ei gefn, a dechreuodd anadlu'n drwm. Aeth iasau o ddychryn sydyn, llwyr, i fyny ac i lawr ei gefn. Yna dechreuodd feichio wylo. Hyrddiau, stormydd o ddagrau. Roedd rhywbeth dychrynllyd wedi digwydd. Fe wyddai hynny bellach yn ddigon da.

Pennod 12

CYFARFYDDIAD

ROEDD hi'n dechrau nosi'r tu allan. Gwynt yr hydref yn fain o'r Long Mynd a'r mân oleuadau'n dechrau ymddangos yn herciog a chynnes ar hyd y fro. Ond ni wyddai Merfyn Williams hynny. Yn ei ystafell gaeëdig ef, nid oedd unrhyw wahaniaeth rhwng nos a dydd. Roedd perffaith ryddid iddo droi'r golau i ffwrdd unrhyw bryd y dymunai ; a pherffaith ryddid iddo gadw'r golau ymlaen ac aros yn effro. Ond yr oedd eisoes, trwy feithder araf y diwrnod cyntaf hwn, yn dechrau colli cyswllt â realiti'r byd oddi allan. Yn ei flinder, bu'n hepian unwaith neu ddwy, ond ni wyddai am ba hyd, a phob tro y deffroai, byddai'r ystafell yr un mor annaturiol olau a'r cynhesrwydd annaturiol yr un mor llethol. Mae'n amhosibl, wrth reswm, i fod dynol fyw mewn awyrgylch o argyfwng am fwy na mwy o amser gyda'i gilydd. Cyn hir, mae'r nerfau'n gwrthod ymateb, mae realiti'r perygl yn ymbellhau, ac mae'r angen i ddibynnu ar arferion byw a bod yn ennill y dydd. Eisteddodd Merfyn ar ei wely, a theimlodd don sydyn o flinder yn golchi drosto. Ond fel yr oedd ar orwedd yn ôl a cheisio cysgu, agorodd y drws.

"Noswaith dda, Mr. Williams."

Eisteddodd Merfyn i fyny'n syth. Diflannodd y blinder. Edrychodd ar y gŵr a gerddodd i mewn. Gŵr ifanc, tal, gwallt coch.

"Cymro ?"

"Rydych chi'r Cymry'n hynod o amharod i gredu y gall neb ond Cymro siarad Cymraeg, Mr. Williams. Dyna un o'ch trafferthion chi fel cenedl. Rydych chi mor ansicr ohonoch eich hunain. Na, nid Cymro. Ond fy mod i wedi cael y fraint o ddysgu'r iaith yn y coleg."

Eisteddodd mewn cadair freichiau, a chymerodd baced o sigarets o'i boced. Taflodd nhw drosodd ar y gwely.

"Wn i ddim ydych chi'n ysmygu ai peidio, Mr. Williams, ond mae rhai pobl yn ffeindio fod mygyn yn help ar adeg fel hyn."

Agorodd Merfyn y paced a dal y blwch matsys a daflwyd drosodd ato. Taniodd y sigaret fel peiriant, er nad oedd wedi ysmygu ers blynyddoedd. Cymerodd lond ysgyfaint hir ac araf o fwg, a dechreuodd besychu. Gwenodd y gŵr ifanc.

"Mae'n amlwg nad ydych chi ddim wedi arfer. Hidiwch befo. Fe all helpu."

Eisteddodd yn ôl, a gwylio Merfyn yn tynnu ar y sigaret. Disgynnodd tawelwch ar y ddau. Yna cododd Merfyn, a dechrau cerdded o gwmpas.

"Oedd rhaid dragio'r hogyn i mewn i'r busnes ?"

"Mewn rhyfel, Mr. Williams, mae'n rhaid defnyddio pob arf posibl."

Trodd Merfyn arno, yna ymdawelodd cyn dweud dim, ac eisteddodd ar ei wely unwaith yn rhagor.

"O'r gorau. Beth ydy'r cam nesaf ? Ydych chi wedi dod yma i ddweud rhywbeth, ynteu astudio'r carcharor yn ei gell yr ydych chi ?"

"Y cam nesaf ydy eistedd yma a disgwyl, rwy'n ofni. Gan eich ffrindiau chi mae'r bêl."

"Fe wyddoch chi'n iawn fod y termau'n gwbl amhosibl."

Cododd unwaith yn rhagor ; lluchiodd y sigaret ar lawr a'i gwasgu'n filain â'i droed.

"Fe hoffwn i siarad â phwy bynnag sy'n gyfrifol am yr holl fusnes. Wnewch chi ddweud hynny wrthyn nhw, os gwelwch chi'n dda ?"

"Dydych chi ddim mewn unrhyw sefyllfa i ofyn am unrhyw beth, Mr. Williams. Fe ddeues i yma i ofyn i chi anfon rhybudd i'ch gwraig i fod yn ofalus iawn sut mae hi'n ymateb i'r sefyllfa. I beidio â chymryd rhan mewn unrhyw gynllwyn gan yr Heddlu na dim byd felly. Mae yna bobl yn y mudiad sydd eisoes yn teimlo'n ddig iawn ynglŷn â'r bygythiad dwl i ailddechrau crogi dynion. Fe ŵyr pawb nad ydych chi ddim yn bwriadu gwneud, wrth gwrs. Fyddech chi ddim yn meiddio gwneud."

"Os ydych chi'n credu hynna, beth ydy pwrpas yr holl beth ? Pam rydyn ni yma ?"

"Rydyn ni am eu cael nhw'n rhydd, Mr. Williams, dyna'r pwrpas. Mae nhw'n bwysig i ni. A nawr mae gen i bapur a phensel. Os byddwch chi mor garedig ?"

"Na. Dydw i ddim yn fodlon gwneud dim. Fe all y wraig ddefnyddio'i barn ei hunan gystal â neb."

"Fe fyddai'n llawer gwell i chi gydweithredu, Mr. Williams . . ."

"Dydw i ddim am gydweithredu mewn unrhyw fodd. Fe hoffwn i wneud hynny'n glir. Ond mae gen i hawl i wybod beth sy'n digwydd i'r bachgen. Beth ydy'r bwriad yn ei gylch e ?"

"Does gyda chi ddim hawliau o gwbl, syr, dim hawliau o gwbl. Mae gen i frawd yn Long Kesh, Mr. Williams. Faint o hawliau sydd gan hwnnw ? Ac mae bechgyn ysgol yn y fan honno hefyd."

Am foment, collodd y gŵr ifanc ei dymer, ac aeth ei lygaid yn danbaid, a chaeodd ei ddyrnau'n dynn. Yna chwarddodd yn swta, ac aeth at y drws.

"O'r gorau, os nad ydych chi'n fodlon helpu, fe fydd raid i ni gael yr hogyn ei hun i wneud y gwaith. Rwy'n siŵr na fydd e ddim yn teimlo fel gwrthod. Dim ar ôl i mi weithio ychydig arno fe."

Ac aeth allan. Clywodd Merfyn yr allwedd yn troi yn y clo, a theimlodd drymder anobaith yn cau o'i gwmpas. Ceisiodd feddwl am Elin a'r plant, a daeth darlun sydyn i'w feddwl. Gwelodd y teulu cyfan, Elin, y tri bachgen ac yntau, yn dringo Cader Idris yn yr haf, flynyddoedd yn ôl, a'r hogiau'n fychan, yn rhedeg a gweiddi a chwerthin dros y creigiau. Daeth dagrau'n sydyn i'w lygaid. Disgynnodd yn dalp ar y gwely, ac yn ei flinder, dechreuodd feichio wylo.

* * *

"*The boy makes a difference. It changes the balance of public opinion.*"

"*The question is, what are they trying to do ?*"

Yr oedd y Prif Weinidog hefyd wedi blino. Fe gafodd amser caled yn y Tŷ yn ystod yr Awr Gwestiynau, ac yn awr, a'i wydraid o wisgi wrth ei ochr, roedd yn cymryd egwyl fer yn ei dŷ ei hunan mewn stryd gefn dawel yn agos i Balas Westminster. Egwyl i geisio adennill y tawelwch i weld ei ffordd yn glir. A'r cwestiwn oedd wedi corddi yn ei feddwl o'r cychwyn cyntaf oedd bwriad y cyfan. Pam ? Edrychodd ar ei ysgrifennydd personol, yn hir ac yn fyfyrgar. Cymerodd gegaid araf o'r wisgi.

"*You see,*" meddai, "*they must know this is the one thing we can't be seen to do. They must have known it from the start. So why ask it ? Why the whole charade ? There's only one answer.*"

"*To force your hand.*"

"*Yes. To make sure we do it. And I don't see how the hell we can find any alternative. But the fact is we must. Those executions were never meant to be carried out, and they musn't be. But I don't at present see the way through. Ah well, I must get back to the House!*"

Esgorodd ar chwerthiniad ddiysbryd, a chododd ar ei draed. "*The show must go on.*"

"*Would it be all that bad if we had to do it ? Surely there would be tremendous sympathy* ?"

"*Read your history, my boy. Remember what happened in* 1916."

Pennod 13

GWNEUD RHYWBETH

YR oedd yr awyrgylch yn drydanol yn y tŷ caeëdig yn Church Stretton. Cerddai'r gŵr ifanc pengoch o gwmpas yr ystafell yn wyllt. Eisteddai'r gweddill o gylch y tân yn anghysurus. "*We must get some idea what the next move is to be. We can't go on working in the dark.*"

"*Those are the instructions. I am to say nothing more than is necessary from day to day, then no one will know more than they need to. I agree with that policy. It's safer.*"

Roedd y ferch, fel arfer, yn hollol dawel ac yn hollol bendant. Eisteddai ar ei chwrcwd mewn cadair fawr, ei choesau hirion wedi eu plygu oddi tani, a'i chorff yn ymddolennu dros fraich y gadair.

Roedd ei bronnau'n gwthio'n galed trwy'r hen grys glas roedd hi'n ei wisgo. Roedd ffurf ei chluniau'n demtasiwn pur dan y trywsus tynn.

Roedd y dynion yn hollol ymwybodol ohoni hi fel merch. Ond arhosai ei hawdurdod yn derfynol serch hynny. Y cochyn oedd yr unig un i gynnig unrhyw fath o sialens iddi. Edrychodd hithau arno'n awr â chysgod gwên yn chwarae o gwmpas ei gwefusau. Ond nid oedd y wên yn cyffwrdd â'i llygaid.

"*When you're in charge, Sean, you make the decisions. While I'm in charge, I make them. Now go back to him and tell him what you have to.*"

Taniodd casineb yn llygaid y bachgen, ond trodd ar ei

sawdl ac aeth allan o'r ystafell ar hyd y coridor hir, rownd y gornel i'r tywyllwch, ac i mewn i garchar Merfyn Williams.

Roedd yr ystafell yn dywyll hefyd. A phan drodd y golau ymlaen, gwelodd fod y carcharor wedi disgyn i drwmgwsg ar draws y gwely. Ysgydwodd y bachgen ef, a'i halio i fyny ar ei eistedd. "*Come on.* Deffrwch. Deffrwch." Trawodd ef ar ei wyneb ddwywaith neu dair yn gwbl ddifater, yna safodd yn ôl i edrych arno.

"Mae gen i neges i chwi oddi wrth fy meistri. Roeddech chi'n gofyn am neges. Rydw i wedi dod â neges."

Eisteddodd Merfyn â'i ben yn ei ddwylo heb ddweud yr un gair. Roedd o hyd yn hanner cysgu.

"Fe ddeuwn ni â'r teliffon i mewn i'r ystafell yma i chwi ymhen rhyw hanner awr. Rydych chwi i siarad ar y teliffon gyda 10 Downing Street—fe wnaiff unrhyw swyddog cyfrifol y tro—a dweud wrthyn nhw y bydd rhyw ddarn o'ch mab yn cael ei anfon trwy'r post i No. 10, oni chawn ni ymateb boddhaol i'n termau o fewn pedair awr ar hugain."

"Rhyw . . . ddarn ?"

Ysgydwodd Merfyn ei ben. Roedd yn gwneud ei orau i ddeffro i realiti'r sefyllfa, ac ar yr un pryd yn ceisio gwneud rhyw synnwyr allan o eiriau'r bachgen. Safai hwnnw'n edrych arno'n gwbl ddifater.

"Darn—*member*—'*limb*' hwyrach. Rhyw ddarn. Mae gyda chwi hanner awr i weithio ar eich neges."

Trodd ei gefn ar Merfyn, aeth allan o'r ystafell a chaeodd y drws yn dawel ar ei ôl. Syllodd Merfyn Williams yn fud. Nid oedd eto wedi derbyn ystyr y geiriau a gerddai yn ôl a blaen yn ei feddwl.

* * *

Roedd Elin Williams, heb roi gwybod i neb, wedi penderfynu gweithredu ar ei phen ei hun. Aeth allan o ystafell y Prifathro tra oedd pawb arall yn ffonio neu'n prysuro o gwmpas eu busnes, a cherddodd yn ddisylw heibio i'r plismyn wrth giât yr ysgol. Eisteddai'n awr yn ei char yn y ffordd fawr, a gwylio ei dwylo'n crynu'n ddilywodraeth ar ei gliniau. Yna gafaelodd mewn map o boced y car, a'i agor allan o'i blaen.

Fe allen nhw fod wedi anelu am Aber-gwaun a'r cwch i Iwerddon. Ond teimlai Elin fod hyn yn annhebygol iawn. Roedd yr Heddlu allan yn eu degau ar hyd y ffyrdd hynny, ac yn gwylio pob copa walltog oedd yn mynd yn agos at y cychod. Neu fe allen nhw fod wedi cymryd y ffordd fawr i Lundain dros Bont Hafren. Neu fe allen nhw fod wedi gyrru i anialdiroedd canolbarth Cymru a chuddio yno mewn rhyw le anghysbell.

Penderfynodd Elin fod gwneud unrhyw beth yn well nag eistedd yn llonydd a gwneud dim. Eistedd yn llonydd a hel meddyliau am yr hyn a allai fod wedi digwydd i Andrew. Lluchiodd ei sigaret trwy ffenestr y car, rhoddodd y map o'r neilltu, cychwynnodd y peiriant, a throdd drwyn y car am y Gogledd.

Wrth fynd, ceisiodd ei gosod ei hunan yng nghrwyn y rhai a gipiodd ei mab. Erbyn iddi gyrraedd Llanbedr Pont Steffan, roedd hi'n berffaith sicr yn ei meddwl ei bod hi ar y trywydd iawn. Ond fe welai hefyd yn fwy eglur gyda phob milltir a âi heibio pa mor amhosibl oedd ei hymgyrch. Bob tro y gwelai ffordd gul yn arwain i'r dde neu i'r chwith oddi ar y ffordd fawr, teimlai y gallai'r car fod wedi mynd y ffordd honno.

Arhosodd ar ochr y ffordd wedi mynd trwy bentref Tal-sarn ac agorodd y map allan o'i blaen unwaith yn rhagor. Pe bai hi'n gywir, a hwythau wedi anelu am guddfan y tu mewn i gylch lletaf yr Heddlu, gan obeithio mynd dan ddaear yn y fan honno, fe fyddai'n rhaid iddyn nhw fod wedi gyrru ar hyd y ffordd hon, a throi i mewn rywbryd neu'i gilydd ar hyd un o'r lonydd bychain sy'n arwain i'r mynydd-dir. Ac os felly, roedd hi'n berffaith bosibl fod rhywun wedi eu gweld Neu wedi clywed rhywbeth anghyffredin yn nhawelwch oriau mân y bore.

Syllodd a syllodd ar y map, fel pe bai'n ceisio ei orfodi i ddatgelu ei gyfrinach iddi. Rhedodd y lliwiau a'r patrymau i'w gilydd, ac yna dechreuodd y map nofio'n aneglur yn y niwl o flaen ei llygaid. Llaciodd ei bysedd, disgynnodd ei phen mewn blinder ac aeth i gysgu'n drwm ac anghyfforddus yn ei sedd, a gwres ysgafn haul Hydref yn chwarae dros ei hwyneb.

* * *

"*Well, we must just continue to comb out the area systematically.*" Roedd Frampton wedi dychwelyd i Ddolgellau, ac yn astudio'r map manwl ar y ddesg o'i flaen. Edrychai Huw Edwards arno'n ddigalon. "*We just don't have the resources to do that properly, sir. We are doing what we can, of course.*"

"*Hm. You're keeping Mrs. Williams under police surveillance, I assume. We don't want another member of the family disappearing.*" Chwarddodd yn sych. Ond yna cododd ei ben wrth synhwyro ymateb y llall, a phan welodd wyneb Huw Edwards, brathodd yn sarrug.

"*For God's sake. See to it man ! At once !*"

Cydiodd Huw Edwards yn y teliffon â'i fysedd yn drymio'n swnllyd ar ei ddesg, fel sŵn traed rhyw filwyr bygythiol yn nhawelwch llethol yr ystafell. Yna, pan gafodd ateb, siaradodd yn gyflym ac yn bendant.

"Gwnewch yn siŵr nad ydy Mrs. Williams ddim yn gadael yr ysgol heb esgort. Reportio'n ôl yn syth i mi os gwelwch yn dda."

Canodd y gloch o fewn hanner munud i Huw Edwards roi'r derbynnydd i lawr. Ond roedd Frampton wedi cael amser i ddweud brawddeg neu ddwy digon hallt yn y cyfamser. Gwrandawodd Huw am rai eiliadau, yna trodd wyneb gwelw at y llall.

"*I'm afraid she's already gone, sir. They don't know where she is !*"

Pennod 14

CYNLLUNIAU ANDREW

WRTH sefyll ar ei gadair ac edrych trwy'r ffenestr, gwawriodd y gwirionedd syfrdanol yn araf ar feddwl Andrew ; yn araf ond yn hollol sicr. Wedi iddo ddod dros y pwl hir o anobaith, pryd y gorweddai'n ddifywyd a diamcan ar ei wely caled, gan edrych yn ddifater ar ei bryd bwyd cyntaf o gawl tun a chig tun, a'i droi heibio, dechreuodd ddod ato'i hun.

Roedd yn fachgen pwyllog a hirben, a gwthiodd yr ofn a'r panig yn ôl i ystafell gefn ei ymwybod, a dechrau meddwl. Roedd yn amlwg wedi cael ei gipio ; roedd yr un mor amlwg fod a wnelo swydd ei dad â'r busnes.

Go brin y byddai neb wedi mynd i'r drafferth i'w gipio ef er ei fwyn ei hun ! Ac er gwaetha'r cwmwl du o arswyd oedd yn hofran drosto, roedd rhywbeth diddorol a chynhyrfus yn y sefyllfa hefyd. Yn hollol ymwybodol, ceisiodd gofio am sefyllfaoedd tebyg yr oedd wedi darllen amdanynt mewn straeon antur. Beth oedd yr arwyr di-ofn wedi ei wneud yn y straeon hynny ?

"Wel," meddai'n uchel wrtho'i hun, a'i eiriau'n sgytwad iddo wedi'r distawrwydd hir, "dod yn gyfarwydd â'r ystafell 'ma. Chwilio o gwmpas." Ac yna cofiodd rhyw swyddog— "Colditz" hwyrach ?—yn dweud yn drwm : "*It is the duty of every prisoner to try to escape.*"

Wrth sefyll ar y gadair ac edrych allan ar y mynydd-dir di-ffurf dechreuodd sylwi ar y ffenestr ei hun. Bychan oedd y cwareli ond nid rhy fychan i hogyn ystwyth wthio trwyddyn nhw. Doedd dim bariau ar y ffenestr. Doedd dim gwyliwr i'w weld y tu allan. Roedd y ffenestr yn ffenestr llofft mae'n wir, ond mewn hen dŷ, wedi ei adeiladu'n glyd ac yn isel yn erbyn gwyntoedd y gaeaf, doedd y pellter rhwng y ffenestr ac esmwythder y mwsog ddim yn ddigon i beri dychryn. Aeth yn ôl i eistedd ar y gwely, a siarad yn ofalus ag ef ei hun. "Reit. Cyn belled ag y galla i weld, mae modd dianc. Torri'r ffenest ac allan. Ydw i wedi methu gweld rhywbeth ? Ai trap o ryw fath ydy e ?"

Dechreuodd gerdded o gwmpas yr ystafell, gan guro'i ddwrn yn erbyn cledr ei law, un o ystymiau cyson ei dad. "Na. Pam dyle fe fod ? Beth yw'r ateb, 'te? Naill ai mae nhw'n ddiofal, neu mae nhw'n meddwl, am ryw reswm, na wna i ddim dianc."

Eisteddodd unwaith yn rhagor, a cheisio pendroni. Aeth yn ôl at y ffenestr. Roedd y cyfle yno. Fe ellid dianc. Yna edrychodd allan unwaith yn rhagor ar y mynydd. Dyna'r ateb, siŵr o fod. I ble'r âi, hyd yn oed pe bai'n llwyddo i ddianc o'r tŷ ? Clywodd eto lais o ddyfnderoedd rhyw hen ffilm yn rhygnu yn ei ddychymyg, "*No one ever succeeded in escaping from the Moor, my lad ; no one*".

Syllodd i'r niwl. Ble roedd e ? Doedd dim modd dyfalu. Gallai fod yn unrhyw fan ar fryniau Cymru. Ni wyddai faint oedd hyd y siwrnai yn y car, ac nid oedd unrhyw arwydd fod ffermdy arall yn y golwg yn unman. Ac eto. "*It is the duty of every prisoner to try to escape.*" Ie, ond yn ffilmiau ' Colditz ' roedd swyddog arbennig yn rhoi cymorth i gynllunio pob ymgais i ddianc. Roedd popeth wedi ei drefnu'n fanwl iawn. O'r gorau, roedd yn rhaid wrth gynllun synhwyrol. Eistedd-odd i lawr, a'i ben yn ei ddwylo, ac yn araf ffurfiodd gnewyllyn o gynllun yn ei feddwl.

* * *

Yr oedd Merfyn hefyd wedi bod yn cynllunio. A hynny mewn ton o ddicter oer, deifiol. Gŵr pwyllog, gofalus oedd Merfyn fel arfer ; mwy o weinyddwr nag o wleidydd. Ond y pŵer a yrrai'r peiriant gofalus i ryw gyfeiriad penodol oedd yr afon ddofn o emosiwn cryf a redai dan yr wyneb. Yr emosiwn yma, wrth weld tlodi ei blentyndod, a'i gyrrodd hwyrach i wleidydda. Nid emosiwn rhwydd ei gynhyrfu mohono, ond ffrwd gref ddiatal unwaith yr oedd wedi ei ryddhau. Ac roedd y bygythiad oer, annynol ynglŷn ag Andrew wedi ei ryddhau. Unwaith y sylweddolodd Merfyn arwyddocâd geiriau'r bachgen, teimlodd ias o arswyd, hollol ddiarth i ddechrau, rhyw ofn diwaelod, fel pe bai wedi cael cipolwg frysiog a dirybudd ar Uffern ei hun. Yna, fe ddaeth dicter. Wedi eistedd a meddwl, cerddodd yn bwrpasol at y drws, tynnodd ei esgid a dechreuodd ddrymio yn y modd mwyaf ofnadwy ar baneli'r drws, a gweiddi ar dop ei lais yr un pryd. Clywodd sŵn traed yn rhedeg i lawr y coridor. Llais y tu allan. Llais y bachgen.

"Beth sy'n bod ? Beth yw'r holl sŵn ?"

"Tyrd i mewn," meddai Merfyn yn dynn, "dydw i ddim yn bwriadu siarad trwy'r drws."

Bu distawrwydd am ennyd. Yna clywodd Merfyn y bachgen yn troi a dechrau cerdded i ffwrdd i lawr y coridor. Ail-ddechreuodd yntau'r gweiddi a'r drymio ar y drws. Stopiodd y bachgen.

"Beth ddiawl sy'n bod ? *What the bloody hell is all this* ?"

"Tyrd i mewn."

Agorodd y drws yn araf. Safai'r bachgen yn betrus ac yn ansicr y tu allan, fel pe bai'n disgwyl i rywbeth neidio ato. Edrychodd y ddau ar ei gilydd.

"Dos i ddweud wrth dy feistr," meddai Merfyn yn bwyllog, "fy mod wedi cael digon ar ddelio gyda'r moch bach sy'n hel negeseuon iddo fo. Naill ai mae e'n dod yma i siarad gyda mi ei hunan nawr, neu fe fydda i'n malu'r ystafell yma'n ddarnau mân, ac yna'n rhoi'r lle ar dân gyda'r taniwr sigarets y gadewaist ti mor gyfleus yn y gadair y tro diwethaf y buost ti yma. Ac os wyt ti'n meddwl ei gael oddi arnaf i, yna mae'n well i ti sylweddoli y bydd asgwrn neu ddau wedi eu torri cyn i ti lwyddo . . ."

Safai Merfyn yn hollol lonydd, yn edrych yn gwbl hamddenol ar y llall. Trodd hwnnw o'r diwedd heb ddweud gair, ac wedi cloi'r drws, aeth yn ôl i lawr y coridor.

* * *

Edrychodd Huw Edwards ar Frampton, fel bachgen bach yn ceisio lliniaru dicter ei dad.

"*It shouldn't be too serious, sir.*"

"*For God's sake, man* ! *When they hold all the aces already, is it necessary to manufacture another one, and casually toss it in their direction* ? *There are so many unknown quantities, we just can't afford any more. Consider the situation. Consider what we don't know. We don't know where the father is. We don't know where the boy is. We don't know whether the kidnappers have gone to ground or are still on the move. We don't even know what their ultimate intentions are. Now we don't know where the mother is either. Find her, Edwards, find her, quick, and then don't let her out of your sight. This whole thing is getting out of control* !"

"*Yes, sir.*"

Rhoddodd Huw Edwards ei gap swyddogol am ei ben, a cherddodd allan o'r ystafell, gan saliwtio'n stiff yn y drws.

"*What a bloody stupid thing to say,*" meddai Frampton wrtho'i hun, gan syllu ar y drws. Yna edrychodd unwaith yn rhagor ar y map o'i flaen. "*I wish to God I had more men.*"

Pennod 15

AGORODD y drws bron yn syth, a safodd y ferch yno. Cerddodd yn araf i mewn i'r ystafell.

"Roeddwn i'n meddwl eich bod chwi am ymddwyn yn gall, Mr. Williams," meddai, gan eistedd yn yr unig gadair, plygu ei choesau dani, a thanio sigaret.

"Ydy'r IRA yn rhedeg '*crash course*' yn yr iaith Gymraeg y dyddiau hyn ?"

"Cyd-ddigwyddiad. Mae Sean a minnau wedi astudio'r iaith fel rhan o'n cyrsiau prifysgol."

"A dyna paham y'ch dewiswyd chi ar gyfer y project yma ?"

"Wel, roedd e'n un ystyriaeth. Wyddoch chi ddim pa bryd y gall gwybodaeth o iaith fod yn fuddiol."

"Sut bynnag am hynny," meddai Merfyn yn sarrug, "does dim pwynt iddyn nhw anfon merch yma gyda '*soft sell*'. Rydw i am siarad â'r "*boss,*" a neb arall."

"Fi yw'r swyddog cyfrifol, Mr. Williams. Beth yw'r drafferth ?"

Edrychodd Merfyn arni, ar ei thawelwch a'i phrydferthwch, ac ar y wên araf oedd yn chwarae o gwmpas ei gwefusau. A cheisiodd gysoni'r hyn a welai â geiriau'r bachgen gwallt-coch, pob un ohonyn nhw'n dal i ddisgyn fel talpiau o rew i'w ymennydd.

"Wyddoch chi beth ddwedodd yr hogyn yna ? Oeddech chi'n gyfrifol am beth ddwedodd e ?"

"O, rwy'n gweld. Doeddwn i ddim yn meddwl y bydde gwleidydd mor brofiadol yn ymateb mor gwbl emosiynol i broblem ymarferol. Rydych chi'n fy siomi."

Roedd hi'n amlwg o ddifrif. Ffliciodd y llwch i'r lle tân, ac edrychodd arno gyda diddordeb newydd.

"Mr. Williams, cyn belled ag yr ydym ni yn y cwestiwn, mae Iwerddon mewn stad o ryfel gyda'ch Llywodraeth chi. Rydym ni wedi dweud hyn droeon. Ar adeg rhyfel, mae'n rhaid gwneud pethau cas iawn ambell waith . . ."

"Roedd yr hyn ddywedodd yr hogyn yna'n ffiaidd, y tu hwnt i bob ymarweddiad gwâr ; nid mater o ryfel neu . . ."

Safodd y ferch ar ei thraed, fflachiodd ei llygaid, lluchiodd ei sigaret i'r lle tân, edrychodd i lawr ar Merfyn, yn wenfflam o'i phen i'w thraed.

"Deallwch hyn, Meistr Gweinidog. Rydym ni wedi gosod rhai cynigion gerbron eich Cabinet chwi, eich ffrindiau chwi, y rhai y byddwch chi'n canu'r Red Flag gyda nhw unwaith y flwyddyn. Chawsom ni ddim ymateb o fath yn y byd. Rydym ni bellach wedi ffonio bum gwaith i geisio ymateb. Dim. O'r gorau, mae'n rhaid iddyn nhw weld nad ydyn nhw ddim yn delio â phlant drwg. Mae'n rhaid rhoi ysgytwad terfynol iddyn' nhw. Dydy'n gwareiddiad ni ddim yn waeth na gwareiddiad llywodraeth sy'n fodlon crogi dynion ifanc mewn gwaed oer."

Trodd a disgynnodd eilwaith i'r gadair. Edrychodd yn syth o'i blaen, a siaradodd yn dawelach.

"Mae'r byd wedi mynd mor brofiadol mewn erchyllterau, Mr. Williams, mae'n rhaid gwneud rhywbeth dychrynllyd iawn cyn y gallwch chwi berswadio gwleidyddion eich bod chwi o ddifrif. Mae'n rhaid i mi eich sicrhau ein bod ni o ddifrif. Fe ddylai'ch ffrindiau wybod hynny erbyn hyn."

"Os gwyddoch chi unrhyw beth am wleidyddiaeth, fe wyddoch chi na chaiff neges gyffrous dros y ffôn unrhyw effaith ar bolisi."

Chwarddodd y ferch yn sych, a sylwodd Merfyn ar ei llaw'n clymu'n barhaus am y groes o gwmpas ei gwddf.

"Meistr Gweinidog, mae'r farn gyhoeddus yn effeithio ar bolisi, fel y gwyddoch chwi'n ddigon da. Fe fyddwn ni'n rhyddhau'r neges i'r wasg, cyn gynted ag y byddwch chwi wedi ei drosglwyddo. Fe fydd y wasg yn ein casáu ni, wrth reswm, ond rwy'n credu y bydd y farn gyhoeddus am i'r Llywodraeth achub eich mab."

"Mae'r Cabinet mewn sefyllfa amhosibl."

Cododd Merfyn, a dechrau cerdded yn ôl a blaen, ar hyd ac ar draws yr ystafell, eisoes wedi ymgyfarwyddo â maint a natur ei garchar. Yna agorodd y drws yn ddistaw, a daeth y bachgen gwallt-coch â theliffon i mewn ar fflecs hir. Crechwenodd ar y ferch, ond arwyddodd hi arno i fynd allan, gydag un chwifiad siarp o'i braich. Edrychodd Merfyn ar y ffôn am ennyd, yna ysgydwodd ei ben.

"Na. Dydw i ddim yn bwriadu cydweithredu mewn unrhyw fodd. Pa farbareiddiwch bynnag rydych chi'n bwriadu ei wneud, mae'n rhaid i chi ei wneud heb gymorth gen i."

"Wel, dyna ni'n nes at ymateb dilys y gwleidydd." Tynnodd y ferch y ffôn ati, a dechreuodd droi'r deial. "Dydy hi ddim llawer o wahaniaeth i ni pwy sy'n trosglwyddo'r neges. O safbwynt eich mab, hwyrach y byddai'n well i chi siarad â nhw. Fe allen nhw gymryd mwy o sylw." Parhaodd i droi'r deial, ac yna gwenodd dros ei hysgwydd wrth aros i'r cyswllt ddigwydd.

"Fydde dim gobaith i ddinesydd parchus gael trwodd i Nymbar Ten, wrth reswm. Dim ond troseddwyr a gweinidogion sy'n cario'r allwedd. A !" Pasiodd y derbynnydd.

Cydiodd Merfyn ynddo ar ôl oedi am eiliad hir. Siaradodd gyda thyndra tawel, ei lais dan reolaeth llwyr.

"*Who's speaking? Get me the Prime Minister himself, if he's there, please. This is Merfyn Williams speaking. Yes, Merfyn Williams . . .*"

* * *

Roedd hi'n dechrau nosi. Roedd Andrew wedi cuddio gweddillion ei swper, dau "*beefburger*" oer, yn ei hances boced, ac wedi cynllunio laweroedd o weithiau sut yn union i dorri'r ffenestr. Doedd e ddim yn gwybod pa mor galed oedd rhaid taro gwydr er mwyn i'r ffenestr dorri. Ac fe boenai hefyd am y modd gorau i wneud y twll yn ddigon mawr gydag un ergyd, rhag iddo orfod gwastraffu amser, a gwneud sŵn, wrth dynnu'r darnau toredig allan. Roedd am fynd â'r blanced oddi ar y gwely gydag e, a cheisio ffeindio llecyn cyn belled i fyny'r mynydd ag y gallai fynd, i dreulio'r nos. Penderfynodd y byddent yn disgwyl iddo ei gwneud hi am y tŷ agosaf, ar hyd pa ffordd drol bynnag y daeth y car ag ef yno yn y lle cyntaf, a phenderfynodd yntau wneud i'r gwrthwyneb. Gan nad oedd ganddo y syniad lleiaf am leoliad y ffermdy, teimlai mai gwastraff fyddai ceisio cynllunio ymhellach na hynny.

Roedd hi bellach yn dywyll. Popeth yn dawel o gwmpas y tŷ, ar wahân i sŵn Radio 1 ar y transistor ym mhen draw'r adeilad. Edrychodd yr y ffenestr unwaith yn rhagor. Yna cafodd yr ysbrydiaeth. Gafaelodd yn yr hambwrdd a ddaliai'r jwg dŵr wrth ymyl ei wely, a gwthiodd ef yn erbyn yr awyr ddwywaith neu dair.

"Ie," meddai, "ie. Fe fydd hwn yn gwthio'r gwydr allan yn un sgwâr solet."

Tynnodd y flanced uchaf oddi ar y gwely, a lapiodd hi am ei ganol. Gwthiodd ei swper dan ei gôt. Yna torrodd ddau strimyn o'r gynfas a'u lapio'n llac am ei ddwy law. Gafaelodd yn yr hambwrdd ac aeth at y ffenestr. Safodd yn llonydd unwaith neu ddwy. Yna trodd a hyrddiodd yr hambwrdd â'i holl nerth yn erbyn y gwydr.

Pennod 16

GWLEIDYDDA

"*They are not playing games, Prime Minister. We must make some rejoinder, and we must make it today.*"

Nid oedd y Prif Weinidog wedi cymryd unrhyw ran yn y drafodaeth hyd yn hyn. Roedd Ysgrifenyddiaeth y Cabinet wedi gosod papur byr o flaen pob aelod, yn amlinellu'r digwyddiadau diweddaraf yn achos Merfyn Williams. Gwyliodd yntau'r ymateb. Ac aeth y drafodaeth yn ffyrnig yn fuan iawn. Roedd un garfan yn gwbl feirniadol o'r penderfyniad gwreiddiol i ddelio â'r troseddwyr dan gyfraith brad, un arall yn awyddus i chwilio am ryw gyfaddawd, a'r drydedd garfan yn teimlo fod yr amser wedi dod i sefyll yn gadarn y tu ôl i'r llysoedd. Aeth y ddadl o gylch ac o gylch, ac o'r diwedd, roedd yr Ysgrifennydd Cartref wedi troi at y Prif Weinidog am gyfarwyddyd. Rhwbiodd yntau ei ên, a phwysodd ymlaen. Siaradodd yn araf ac yn ofalus.

"*We have two difficulties, as I see it. These men are under sentence. It is within the normal processes of the constitution for the Home Secretary to commute a death sentence. But a commutation under present circumstances would have disastrous results in terms of public opinion. It would be interpreted as a major victory for the IRA. On the other hand, we know from experience that these people are fighting a total war. There is nothing they will not do. Their threat in regard to the Secretary's son must not be thought of as anything other than a direct statement of intent. The question is, I'm afraid, to what extent are we to consider the life and safety of individual citizens as opposed to the whole credibility of a government in relation to armed insurrection. That is the issue we must consider.*"

Eisteddodd yn ôl, a rhwbio'i sbectol yn feddylgar. Yna pwysodd y botwm ar y bwrdd o'i flaen.

"*I think we should have coffee while we all digest that central fact, ladies and gentlemen. It is essential that we arrive at a dispassionate judgement.*"

Ond doedd y gŵr gwargrwm, gwallt gwyn ar waelod y

bwrdd ddim yn fodlon aros am y coffi. Siaradodd yn gyflym, yn bendant ac yn angerddol.

"*If there is any value to our civilisation at all by now, it must lie in our concern for individuals. We must never place ourselves in a situation where we are putting the life of any individual in the scales as against the interests of the state. We are in business to protect individuals. These people must not be sacrificed on the altar of any kind of expediency. There must be no question of it . . .*"

"*Expediency !*"

Ffrwydrodd y gŵr llwyd, tenau, a eisteddai ar y dde i'r Prif Weinidog. "*You call the security of the realm expediency ? A government must govern. Even a government that you're a member of.*"

Cododd y Prif Weinidog ei law. Siaradodd yn hollol dawel.

"*Once again, I must suggest that we pause to consider. It really is vital that we keep our heads.*"

Cymerodd gwpaned o goffi oddi ar yr hambwrdd wrth ei ymyl, a rhoddodd bilsen o ffug-siwgwr ynddo'n ofalus. Tawodd y ddau ddadleuwr am y tro, ond dechreuodd rhywun arall, dyn gweddol ifanc a eisteddai hanner ffordd i lawr y bwrdd.

"*The matter of the boy does make a difference. Were it not for him, I feel we could stand firm and challenge them. But if the boy were to be harmed as a result of that, public reaction could be very unfavourable indeed.*"

"*You suggest what ? Releasing these men ?*" Dewisodd y Prif Weinidog fisceden oddi ar y plât yn araf a gofalus, fel pe na bai un dim arall ar ei feddwl.

"*No. I suggest bargaining life for life ; as a delaying measure. It isn't impossible, after all, that they may be tracked down.*"

"*There is very little precedent for kidnappers being successfully tracked down,*" meddai'r Ysgrifennydd Cartref yn galed.

"*I think we can discount that for the present.*"

Aeth y drafodaeth ymlaen am hir. O'r diwedd, penderfynwyd fod yn rhaid dod i gyswllt, rywsut neu'i gilydd, â'r dynladron, a gadawyd hynny i'r Ysgrifennydd Cartref. Yr oedd y Cabinet am barhau i gadw'n dawel ynglŷn â'r holl fater yn swyddogol, gan wrthod gwneud unrhyw ddatganiad i'r wasg am y tro.

Bellach, yr oedd pedair awr ar hugain i fynd cyn y byddai cyfnod rhybudd y dynladron yn dirwyn i ben.

* * *

Pan ddeffrôdd Elin Williams, roedd yr haul yn dechrau machlud, a lliwiau cyfoethog yr hydref yn dyfnhau ar hyd y llethrau pell ac agos. Gorweddodd hithau'n ôl am eiliad neu ddau, gan werthfawrogi prydferthwch y tymor yn fodlon a chysglyd. Yna daeth ias o sylweddoli. Ias gorfforol a'i gyrrodd i grynu drosti am foment. Eisteddodd i fyny ac edrychodd o'i chwmpas. Yr oedd yn dioddef o gur pen cyson a pharhaus. Chwiliodd yn ei bag am y paced bach o bils gwynion, a llyncodd ddwy ohonynt. Yna gorweddodd yn ôl yn ei sedd unwaith yn rhagor, a cheisiodd ei gorfodi ei hunan i feddwl yn dawel a chlir. A oedd unrhyw fudd mewn rhuthro o gwmpas fel hyn, yn disgwyl am wyrth ? Pe bai hi wedi mynd yn ôl i Gefn-brain at William a Margaret, fe fyddai o leiaf o fewn cyrraedd neges ar y teliffon. Hwyrach fod rhywbeth pwysig eisoes wedi digwydd, rhywbeth y dylai hi fod yn gwybod amdano ? Fe ddylai fynd yn ôl ar unwaith i rywle lle gallai'r Heddlu gael gafael arni. Dyna'n amlwg oedd y peth synhwyrol i'w wneud. Ac eto, roedd rhywbeth yn dweud wrthi hi am fwrw ymlaen, doed a ddelo, rhyw lais pendant, di-droi'n-ôl, yn cyflwyno'r un neges iddi drosodd a throsodd a throsodd. "Dos, gwna rywbeth ! Chwilia ! Dy fab di ydy o. Dy fusnes di ydy chwilio amdano fo." Roedd ei phen yn troi dan effaith gwendid a'r pils a'r diffyg bwyd. Ysgydwodd ei phen i geisio'i glirio, cychwynnodd y peiriant, a gyrrodd ymlaen i gyfeiriad Aberystwyth, heb wybod yn iawn pam, heb wybod i ble roedd hi am anelu'r car yn y diwedd, yn ffyrnig ac yn benderfynol, a'i llygaid wedi eu hoelio ar y ffordd o'i blaen. Iddi hi, roedd gweithredu bob amser yn well na goddef a disgwyl, ble bynnag yr oedd y weithred yn debyg o'i harwain.

Pennod 17

ANDREW

EDRYCHODD Andrew ar y pigau danheddog o wydr yn ysgyrnygu o'r ffrâm agored. Chwythai'r gwynt ambell ddeilen i mewn i'r ystafell, ac fe gariai ernes o law yn ei hyrddiau oer. Disgwyliai Andrew y drws yn agor ar ffrwst y tu ôl iddo unrhyw foment. Roedd sŵn y gwydr yn torri yn dal i ddiasbedain yn ei ddychymyg. Mae'n rhaid fod ei garcharwr wedi ei glywed. Fe ddeuai yma dan redeg, a'i wynt yn ei ddwrn. Fe fyddai'n ddig. A fyddai'n ymosod arno ? Hyd yn oed yn ei saethu ? Hwyrach y byddai'n ei glymu i'r gwely, fel na allai symud llaw na choes rhagor. Mae'n siŵr y byddai'n edifar ganddo nad oedd wedi gwneud hynny eisoes.

Ond er i Andrew barhau i sefyll yn yr oerni ger y ffenestr heb symud yr un cymal wedi'r ergyd gyntaf, ni chlywodd neb yn dynesu at ei ystafell. Roedd sŵn y transistor i'w glywed o hyd o bell. Ond dim un sŵn arall. Roedd yr hen ffermdy mor llonydd-farw ag erioed.

"Dos," meddai Andrew wrtho'i hun, "dos. Neidia trwy'r ffenest. Does dim byd ar dy ffordd di."

Edrychodd allan trwy'r twll cegrwth. Roedd pibell ddŵr yn rhedeg i lawr y wal o fewn dwy droedfedd i'r ffenestr. Gallai gamu drosodd a llithro'n hwylus i'r llawr. Anadlodd yn drwm a lluchiodd y blanced allan i'r tywyllwch islaw. Yna tynnodd un darn mawr peryglus o wydr yn ofalus allan o'r ffrâm a'i osod ar lawr yr ystafell. Llyncodd ei ofn, edrychodd yn frysiog dros ei ysgwydd ar ei garchar, a chamodd dros y ffrâm i'r tywyllwch. Am eiliad hir, ag un droed yn solet ar lintar y ffenestr, a'r llall yn ymbalfalu mewn gwacter du, roedd ar fin disgyn ar ei ben i'r ddaear. Ond o'r diwedd, teimlodd ei droed sicrwydd crwn y biben. Llanwodd ei ysgyfaint â'r aer oer unwaith yn rhagor, a disgynnodd yn hwylus i'r llawr gyda medrusrwydd anifail ifanc. Unwaith y cyffyrddodd ei draed â'r ddaear, cydiodd ym mhentwr llwyd y blanced, a dechreuodd redeg, yn wyllt a thrwsgwl, i'r tywyllwch, ei galon yn curo'n groch, ei anadl yn dod yn swnllyd a chyflym. Yna'n sydyn, teimlodd ei droed yn rhoi oddi tano, a syrthiodd yn galed ar ei hyd yn y gwellt gwlyb.

"Ffŵl. Ffŵl, Ffŵl !"

Dyrnodd y ddaear yn ei ddicter, a rhedodd dagrau poeth o ofn a dychryn ac o hunanfeirniadaeth hallt i lawr ei ruddiau. Ceisiodd sefyll, a saethodd brathiad main, treiddgar o boen tenau i fyny ei goes ac i bwll ei stumog. Caeodd ei ddannedd ar y waedd a ruthrodd i'w enau, ac eisteddodd i fyny. Roedd sioc y boen wedi clirio'i feddwl ar unwaith, ac wedi cael gwared â'r cymysgedd o banig a rhyddhad a'i gyrrodd i redeg mor wyllt trwy'r tywyllwch, ac ar ei ben i drybini. Teimlodd ei droed chwith a'i ffêr. Ceisiodd roi pwysau arnynt unwaith yn rhagor, a llwyddodd i godi'n boenus ar ei draed. Bellach, roedd llygaid Andrew wedi ymgyfarwyddo â'r nos, ac fe allai weld yr allt yn codi o'i flaen yng ngolau pŵl y lleuad, a'r creigiau'n gwthio trwy'r eithin a'r rhedyn yn aml. Fe'i llusgodd ei hun i gyfeiriad y codiad tir, ac unwaith y'i teimlodd ei hunan yn dechrau dringo, disgynnodd ar ei eistedd mewn clwstwr o rug, a throdd i edrych ar y ffermdy. Roedd wedi dod heibio i gefn yr adeilad erbyn hyn, ac nid oedd yr un llygedyn o olau i'w weld, dim i gystadlu â'r llwydni fflat a daenai'r lleuad dros y mynydd i gyd. Roedd hi'n oer iawn. Lapiodd Andrew'r flanced amdano'i hun, a cheisiodd ffurfio rhyw fath o gynllun yn ei feddwl. Ond roedd yr oerni'n peri i'w ddannedd rincian, ac fe allai deimlo craster rhewllyd y gwelltglas dan ei ddwylo.

Cododd unwaith yn rhagor a'i orfodi ei hun i ddringo'n uwch ac yn uwch, ei goesau'n aml yn taro'n erbyn craig oedd ynghudd yn y rhedyn, a'i draed o bryd i'w gilydd yn cael caff gwag, ac yn suddo'n sydyn i bwll gwlyb, iasoer. Unwaith, syrthiodd yn bendramwnwgl i ganol twmpath anferth o rug a rhedyn, twmpath a'i daliai i fyny fel matres drwchus. Gorweddodd yno'n llonydd a digalon am funud a mwy. Yna, a'i ddwylo a'i wyneb yn frith o sgriffiadau, ymbalfalodd ei ffordd allan o'r pantle, a dringo drachefn, yn araf, yn ddall, a'i freichiau a'i gluniau'n taro'n erbyn craig a charreg. Yna'n ddiarwybod, roedd wedi cyrraedd brig y bryncyn, ac fe gerddai'n rhwydd ar gae gwastad, mwsoglyd, digreigiau. Llithrodd y lleuad o'r tu ôl i gwmwl am rai eiliadau, a llamodd ei galon. Yno o'i flaen, ganllath oddi wrtho, yn llechu yng nghysgod craig fawr, roedd sied bugail. Cerddodd â chyflymder newydd tuag ati, a baglodd i mewn i'w chysgod. Disgynnodd yn glewt ar y manwellt, yng nghanol carped o faw defaid, a phwysodd yn erbyn y wal garreg, wedi blino'n llwyr. Tynnodd y blanced dros ei ben, a cheisiodd gasglu ei feddyliau at ei gilydd unwaith yn rhagor. Caeodd ei ddyrnau'n dynn yn erbyn y cryndod a ddeuai drosto bob yn awr ac yn y man, ac fe'i gorfododd ei hun i siarad yn uchel am ei sefyllfa, yn ôl ei arfer. Eisteddai yno, yn sypyn diymadferth yng ngolau'r lleuad, yng nghanol budreddi'r hen hafoty, a'i lais tenau'n diflannu'n grynedig i'r tywyllwch y tu allan. O leiaf, roedd wedi osgoi gwaethaf y gwynt deifiol am y tro. Roedd hwnnw'n chwibanu uwchben, ar ei daith dros y bryniau, a hen furiau'r adeilad yn ei wthio heibio, fel y gwnaethant filoedd o nosweithiau tebyg yn yr unigeddau hyn.

"Chei di ddim aros yma. Fe gei orffwys am funud. Ond fedri di ddim gweld na chlywed beth sy'n digwydd yn y ffarm o'r fan hyn. Mae'n rhaid i ti weld beth mae'r dyn am ei wneud. A hefyd," ychwanegodd gydag ias newydd o ddychryn, "cofia nad oes gen ti ddim bwyd."

Pwysodd yn ôl yn flinedig yn erbyn cerrig anwastad yr hen wal sych, a chaeodd ei lygaid. Ond ni châi lonydd i orffwys hyd yn oed am funud neu ddau. Rhedai cyfres o luniau llachar o flaen ei lygaid, yn daer, yn boenus-real. Gwelai'r gwydr yn torri, gwelai wacter y tywyllwch dan ei droed dros lintar y ffenestr, clywodd ei galon yn curo fel y rhedai'n ddilywodraeth i'r nos, teimlai'r ddaear yn codi a'i daro'n ddirybudd. Teimlai'r llonyddwch wedyn, a'r boen yn ei ffêr.

"Mae'n rhaid i ti symud," meddai'n chwyrn wrtho'i hun, "Cod ; cod ; cod."

Fe'i haliodd ei hunan ar ei draed a rhedodd y saeth o boen i fyny ei goes unwaith eto. Gwthiodd ei gorff ar hyd y wal ac allan wedyn i'r nos. Yna disgynnodd ar ei bedwar a dechrau cropian yn ôl tua brig y bryncyn a'r gwynt yn poeri diferion glaw ar ei wyneb.

Pennod 18

CHURCH STRETTON

CERDDAI'r ferch at y ffenestr, ac yn beiriannol cyrhaeddodd am y llenni i'w tynnu ar wahân ac edrych allan i'r nos. Yna cofiodd am y caeadau solet y tu allan, a disgynnodd ei llaw'n ddiffrwyth wrth ei hochr. Trodd yn ôl ac edrychodd yn ddifywyd ar wynebau difrif yn siarad ar y sgrîn deledu. Yna daeth cnoc ar y drws. Cnoc bendant awdurdodol. Ar y cychwyn doedd y ferch ddim yn gallu ymateb o gwbl i'r ffaith seml, wrthrychol ei bod wedi clywed cnoc ar y drws. Roedd y ffaith y tu hwnt i derfynau'r disgwyliadwy. Doedd hi ddim wedi ystyried y posibilrwydd. Ar ôl dau ddiwrnod o dawelwch, roedd yr ymyrraeth yn sen ar ei chynlluniau. Yna agorodd drws yr ystafell ar chwap a safai'r hogyn pengoch yno'n syfrdan.

"*It's the front door* !"

Edrychodd hithau arno gyda'i chymysgedd creulon o wawd a beirniadaeth. Aeth i fyny ato. Safai'n agos a siaradai'n dawel dawel.

"*Yes. The front door. Now get a grip on yourself. You answer. You're his nephew. There's nothing else to say. He sees no one. He never sees anyone. Go and say so.*"

Edrychodd yr hogyn arni fel pe na bai'n deall. Ysgydwodd ei ben fel pe bai'n ceisio ei glirio.

"*Answer ? We can't answer. We can't show ourselves . . .*"

"*We can't not answer.*"

"*But we can't show ourselves. We can't.*"

"*You can show yourself. You and you alone.*"

Daeth y gnoc unwaith eto. Yn bendant. Yn amyneddgar.

"*Answer that door! Answer it! And keep your head.*"

Aeth yr hogyn allan o'r ystafell, a'r ferch ar ei sodlau. Cerddodd yn araf i gyfeiriad y drws ffrynt. Yna cyn cydio yn y drws, fe'i hysgydwodd ei hun unwaith yn rhagor, rhedodd ei law trwy ei wallt, ac agorodd y drws.

Yn sefyll y tu allan, yn y glaw a'r tywyllwch, roedd plismon. Yr eiliad y gwelodd y ferch ei helm a'i wisg, ymddangosodd y tu ôl i'r bachgen, a gwenodd ar y plismon yn boléit. Nodiodd yntau.

"*I was asked to call, Miss. They were worried about Mr. Gorrige.*

"*You know what he's like.*" Gwenodd arno'n gyfrinachol-ddeallus.

"*Yes Miss, but he calls in the library once a month. Never misses. He should have called this morning. Would you mind telling me who are you, Miss? Just for the record.*"

Nid oedd y bachgen wedi yngan gair. Safai yn y drws a gwên anystwyth wedi rhewi ar ei wefusau. Gallai'r ferch ei deimlo'n crynu. Pwysodd ei chorff yn ei erbyn, rhedodd ei llaw i lawr ei gefn, a siaradodd yn bwyllog.

"*I'm his niece. This is my husband, Andy.*"

"*Yes Miss, I see. May I come in a moment, Miss?*"

Cydiodd y ferch ym melt y bachgen a'i dynnu'n ôl i mewn yn raddol. Cadwodd ei llais dan lywodraeth llwyr.

"*Certainly, if you need to.*"

"*It's easier to write in the dry.*" Gwenodd yntau'r wên gyfeillgar yn ei dro, a chamodd dros y rhiniog hen-ffasiwn. Edrychodd yn broffesiynol o'i gwmpas, ar glo'r drws, ar y coridor, ar fwrdd gwag y cyntedd, tra'n tynnu nodlyfr a phen yn hamddenol o'i boced.

"*I'll just need your name, if you don't mind. And your permanent address.*"

Arhosodd y pen yn ddisgwylgar uwchben y nodlyfr. Rhoddodd y ferch enw a chyfeiriad yn Llundain, gan ddal ei llaw'n solet ar gefn y bachgen. Caeodd y plismon ei lyfr, a throdd yn ôl tua'r drws.

"*Mr. Gorrige all right, is he ? No problems* ?"

Edrychodd arnynt dros ei ysgwydd. Yn ddiniwed. Edrychodd hithau'n ôl.

"*No, no. He has a heavy cold. Sitting by the fire in his room. Nothing serious.*"

"*Good. Well, we won't bother him. Good night, Mrs. . . . Turner. Sorry to have bothered you. Good night.*"

Pwysodd y ferch yn erbyn y drws caeëdig. Anadlodd yn ddwfn ond yn dawel. Cerddodd yn ôl i'r ystafell fawr heb edrych ar y bachgen. Heb ddweud gair wrtho. Roedd y ddau arall yno erbyn hyn. Ymosododd y gŵr gwallt gwyn ar unwaith.

"*I said this was the wrong place. I said this was dangerous. Now what ? The place is probably surrounded . . .*"

"*Don't be hysterical. It was a chance visit. Unfortunate, but . . .*"

"*He didn't believe you. He knew something was up . . .*"

Peidiodd y bachgen pengoch ar unwaith pan drodd y ferch arno. Fflachiodd ei llygaid yn filain. Safodd yn berffaith lonydd. Siaradodd yn gyflym ac yn galed. Gwrandawodd y gweddill mewn tawelwch dwfn.

"*You think you were in a position to make a judgement ? Shaking like a jelly, so that I had to hold you up, white like a sheet ? You are in no position to say anything.*"

Yna siaradodd â'r gweddill :

"*We are not a group of criminals, catch-as-catch-can. We are soldiers ; we have orders. Do I have to remind you of that ? I am in charge of a military operation. I intend to carry out my orders. If you refuse to go along with that, you are guilty of treason.*"

Gellid clywed tipian y cloc mawr yn y gornel, a sŵn y glaw'n dymchwel y tu allan. Symudodd pawb ar unwaith, fel symudiad mewn drama, yn ofalus ac yn annaturiol. Siaradodd y gŵr gwallt gwyn, yn ofalus.

"*Nobody is disputing your authority. No. But we must consider our position. The operation is at risk.*"

"*It's my business to consider that.*"

"Yes, it's your business . . ."

"And I'll do it alone. And when I've done it, I'll let you know."

Unwaith eto, roedd tawelwch am foment yn yr ystafell. Ac i ganol y tawelwch, daeth ail gnoc. Y tro hwn, aeth y ferch allan yn syth, ac at y drws. Safodd pawb arall yn llonydd. Roedd y plismon yno fel o'r blaen, yn solet, yn hamddenol, yn gwenu'n boléit. Roedd ymddiheuriad yn ei lais.

"I'm terribly sorry to bother you again, Mrs. Turner. Just one more question . . . How long do you plan on staying ? Just so that we know when to keep an eye open for Mr. Gorrige. Make sure he's alright . . ."

Wedi cael gwared â'r plismon unwaith yn rhagor, fe'i gorfododd y ferch ei hunan i ddadansoddi'r sefyllfa'n oeraidd, drefnus. Y tebygrwydd oedd mai cwbl ddiniwed oedd ymweliad y plismon. Doedden' nhw ddim wedi ystyried yn ddigon gofalus swyddogaeth gymdeithasol pob math o bobol mewn tref fechan. Wrth feddwl am yr hen ŵr fel meudwy, roedden nhw wedi meddwl yn ormodol mewn termau gwledig.

Yn y wlad—neu hwyrach mewn dinas fawr—fe all dyn fyw fel meudwy. Mewn tref fechan, mae'r peth yn amhosibl. Ond os cyd-ddigwyddiad oedd, roedd yn un trafferthus dros ben. Bellach, roedd yr Heddlu'n gwybod fod dieithriaid annisgwyl yn y dref. Â'r holl wlad yn berwi gyda'r stori am Merfyn Williams, roedd presenoldeb dieithriaid yn ddigon ynddo'i hunan i greu drwgdybiaeth. Ac roedd y plismon yn ddigon effro a meddylgar i dynnu sylw rhywun atyn' nhw. Yn hwyr neu'n hwyrach, fe ddeuai ymholiad pellach. Ac eto, pe baen nhw'n symud, roedd hynny'n sicr o ddyfnhau'r drwgdybiaeth. A beth am Mr. Gorrige? Y cynllun gwreiddiol oedd anfon neges teliffon i Heddlu Church Stretton o bellter dienw Llundain o fewn oriau i ddiwedd y fenter. Neges a ddylai fod wedi sicrhau y byddai'r Heddlu'n darganfod yr hen ŵr yn ddiogel yn ei wely mewn ystafell dan glo. Beth yn awr ? At hyn, beth pe bai'r Heddlu eisoes yn gwylio'r tŷ ? Ac yn eu dilyn i ble bynnag y bydden nhw'n mynd oddi yma ! Roedd yn rhaid symud yn ofalus dros ben.

Cerddodd y ferch yn araf i mewn i'r ystafell, lle roedd y tri dyn yn eistedd yn llonydd ac yn dawel.

"*This is a setback,*" meddai'r ferch, "*but we mustn't panic. For the present, we stay where we are. We do nothing hasty. But I will go out shopping tomorrow morning, and act as naturally as I can. We must find out somehow how much they know.*"

Pan ganodd cloch y teliffon, neidiodd y bachgen pengoch fel pe bai wedi ei saethu. Roedd nerfau pawb yn dechrau gwisgo'n denau. Ac nid oedd y neges a ddeuai dros y gwifrau o Ddyfed yn debyg o wella pethau.

Pennod 19

Y RHWYD YN CAU—AR DDAMWAIN

EISTEDDAI Elin Williams yn y bar yn y 'Llew Coch' ym mhentref Tal-y-bont. Pwysai'n ôl yn flinedig yn erbyn cefn uchel yr hen setl ddu, ac ysmygodd yn gyflym ac yn nerfus. Roedd y bar yn hanner-llawn, ac ambell un o'r cwsmeriaid mwyaf selog yn taflu cwestiwn i'w chyfeiriad o bryd i'w gilydd. Atebai'n ffwr-bwt, gwenai'n anghwrtais o ddifater, ac âi yn ôl i fyd ei meddyliau.

Roedd o hyd mewn stad o sioc, ac roedd dau gythraul gwrthwynebus i'w gilydd yn cynnal brwydr yn ei meddwl—y naill yn ei gwawdio am ruthro o gwmpas y wlad yn ddiamcan-blentynnaidd, a'r llall yn mynnu iddi fwrw ymlaen, gan ddibynnu ar ragluniaeth i ddangos iddi rywbryd, rywsut, ble i chwilio, pa ffordd i fynd. Po fwyaf yn y byd y ceisiai ei chynneddf resymegol ei pherswadio i roi'r gorau i'r ffwlbri a mynd draw i Gefn-brain i aros a disgwyl newyddion, mwyaf ystyfnig y tyfai'r gynneddf arall. Roedd yn rhaid bwrw ymlaen. Roedd yn rhaid mynd yn nes at Andrew, rhag ofn y deuai cyfle i weithredu.

Y cymysgedd meddyliol yma a achosodd iddi ymateb yn gyflym, pan welodd gar Heddlu yn mynd heibio i'r ffenestr a dau gwnstabl yn dringo allan. Llyncodd ei diod, ac aeth trwy'r drws a arweiniai i'r lle-merched mewn un symudiad, ei chôt, a'i bag a'i sgarff yn gynffonnau'r tu ôl iddi. Yna cerddodd yn syth ar hyd y coridor heibio i'r gegin, ac allan i'r awyr iach trwy'r drws cefn. Cerddodd yn hollol naturiol rownd yr adeilad, ac yn ôl i'r stryd lle'r oedd ei char. Cychwynnodd y peiriant, a throdd ei drwyn i fyny'r ffordd gul a arweiniai i gyfeiriad Elerch, Nant-y-moch a'r mynydd-dir maith sy'n ymestyn o Eryri i'r Bannau a'r Mynydd Du yn un cymhlethdod di-dor o fryniau a chymoedd.

* * *

"Dydy'r blydi ffôn 'ma ddim wedi cau ei geg trwy'r pnawn. Pam ddiawl oedd y ddynas yn gwneud peth mor ddwl ?"

Llowciodd Huw Edwards ei goffi, a chyrhaeddodd am y ffôn unwaith eto.

"Ie . . . o ble . . . ' Y Llew Coch ', Tal-y-bont . . . wedi ei cholli . . ."

Rhoddodd foroedd o fynegiant yn ei gwestiwn.

"Fedrwch chi ddim colli neb yn Nhal-y-bont. Wel, wrth gwrs, chwiliwch. Mae hi yn y lle-merched, siŵr o fod. Ie . . . ringwch yn ôl. Cadwch fi mewn cyswllt . . . agos."

Rhoddodd y ffôn i lawr yn orofalus a throdd at y dictectif ifanc a eisteddai'r ochr arall i'r ddesg.

"Maen nhw wedi ei cholli hi, yn Nhal-y-bont."

"Beth ?"

"Ie, mi elli di'n hawdd ddweud ' Beth '. Maen nhw'n dweud eu bod nhw wedi taro ar ei char hi tu allan i'r ' Llew Coch' yn Nhal-y-bont. Fe aethon nhw i mewn i gael gair â hi, a doedd hi ddim yno. Pan aethon nhw allan yn ôl, roedd y car wedi mynd."

Dechreuodd y llall chwerthin yn uchel. Yna peidiodd, a phesychodd wrth geisio cadw'r bwrlwm o ddigrifwch yn ôl.

"Mae'n ddrwg gen i syr . . . ond mae o'n ddigri . . ."

"Ydy, ar y diawl. Be mae'r ddynes yn feddwl mae hi'n ei wneud ? Mae gynnon ni ddigon o broblemau heb y nonsens yma . . ."

"Hwyrach mai damwain lwyr oedd y cyfan. Mynd i'r lle-merched, dod allan, gyrru ymlaen . . . i'r ffarm, hwyrach ?"

"Heb weld car y bois? Na. Dim peryg. Mae hi'n cyn-llunio rhywbeth. Ond Duw a ŵyr beth, a Duw a ŵyr pam."

Canodd y ffôn unwaith yn rhagor, ac estynnodd Huw Edwards amdano gydag ochenaid.

"Mae hi'n dechrau twyllu," meddai wrth ei godi. "fydd fawr o siawns i ni gael gafael arni liw nos."

* * *

Cerddodd y plismon i mewn i'r pencadlys yn Church Stretton i chwilio am ei fflasg goffi a'i docyn.

Safai'r rhingyll y tu ôl i'r ddesg yn llenwi manylion y nos yn ei lyfr.

"*Alright, son ? Everything quiet ?*"

"*Place fast asleep you'd think, Sarge. Course, ' The Sweeney's ' on.*" Gan bwyntio at y set deledu yn yr ystafell hamdden â'i drws yn hanner agored. "*Everyone's watching ' The Sweeney '. The whole place full of bleeding zombies watching mock fuzz catching mock villains, and us walking round watching them. It's all a dream, isn't it, Sarge ?*"

"*Steady on, lad. Here's your coffee.*" Pasiodd fag dros y cownter iddo, a throdd y bachgen i ffwrdd i gyfeiriad y drws, a'i dors yn hongian yn llipa yn ei law. Ond trodd yn ôl cyn cyrraedd.

"*By the way, Sarge. You know old Gorrige ?*"

"*Yes ? Find out anything ?*"

"*'E's got a niece and 'er 'usband staying with him. 'E's down with a cold 'imself, she says.*"

"*Niece ? Are you sure? Didn't know he had relatives. Thought he was a loner. Everything seem alright ?*"

"*Seemed OK. But there was one thing about the girl. She had some kind of accent. Not very clear, and I'd say she was trying to speak refined, you know, but it came through just once or twice . . .*"

"*You've got too much imagination, lad. Go on, on your way.*"

"*OK, Sarge. you're probably right.*" Edrychodd trwy'r drws i'r nos. "*It's going to be a bleedin' cold night. I wouldn't be sur-prised if we have snow.*"

"*Snow in October ? Come on lad. You've got soft over the holidays, that's all it is. Too many of them nights out with the birds.*"

Ond ar ôl i'r bachgen fynd, meddyliodd y rhingyll am rai eiliadau, yna cododd y ffôn.

"*Probably nothing in it,*" meddai wrtho'i hun, "*but they did say ' anything unusual ', and I never heard of any niece.*"

* * *

Unwaith y cyrhaeddodd y brig, gorweddodd Andrew'n wastad ar lawr, a gwthiodd ei ben i fyny fesul modfedd hyd nes y gallai weld i lawr i gyfeiriad y fferm. Synnodd ei gweld mor agos. Yr oedd ei lygaid bellach wedi arfer â'r gwyll, ac fe allai weld drws ffrynt yr hen adeilad yn hollol glir, ganllath oddi wrtho. Roedd ei garcharwr wedi sicrhau nad oedd dim golau i'w weld. Doedd dim car yn y golwg chwaith. Dim i awgrymu fod y lle'n wahanol mewn unrhyw ffordd i gannoedd o ffermdai gweigion, trist sy'n frith dros y bryniau i gyd. Lapiodd Andrew ei flanced amdano, gadawodd ei ben i orffwys ar ei freichiau, ac fe'i setlodd ei hun i lawr i ddisgwyl. Doedd dim rhaid iddo aros yn hir. Agorodd y drws yn sydyn. Llifodd y golau allan i'r nos. Rhuthrodd rhyw ddyn allan, gan fflachio tors yn ddiamcan. Clywodd lais rhywun arall o'r tŷ.

"*Don't be stupid. There's no point flashing that thing. You get the car started, and you and Molly get going down that road. He's probably going for the nearest phone. He's a bright lad. It's two miles down that track. You'll catch him easily.*"

Diffoddodd golau'r dors, ac aeth y dyn yn drwsgwl draw i gyfeiriad y beudai dan regi'n fanwl iddo'i hun wrth fynd. Yna gwelodd Andrew gysgod y llall yn y drws ffrynt, yn edrych, nid i lawr y ffordd drol, ond yn syth i gyfeiriad ei guddfan ef ar frig y bryn.

Pennod 20

MARTIN FREEMAN

ROEDD hi'n Hydref caled. Ym mhob rhan o'r wlad. Fe ddaeth y barrug yn gynnar, ac argoelion am eira yn nüwch y cymylau. Yn Llundain, roedd Martin Freeman wedi bod yn eistedd wrth y teliffon arbennig ers pedair awr heb ddim i'w wneud ond edrych arnyn nhw trwy'r ffenestr uchel yng nghrombil y Swyddfa Gartref. A bustachu ar yr un pryd i orffen croesair y *Times*.

Roedd o'n arbenigwr ar groeseiriau, yn chwaraewr gwydd-bwyll, ac yn swyddog uchel ei barch yn y gwasanaeth cudd. Yn ddeg ar hugain oed, ac yn hen chwaraewr socer amatur, cyn i'w waith presennol olygu na allai broffwydo'n rhwydd iawn beth fyddai ei hynt a'i helynt o'r naill Sadwrn i'r llall. Roedd wedi hen arfer â'r ffaith mai gwaith diflas ac anniddorol iawn oedd llawer o'r projectau a osodwyd yn ei ddwylo. Ac eto, doedd pwysigrwydd y project ddim bob amser i'w fesur yn ôl ei gynnwrf a'i amrywiaeth.

Meddyliai'n aml mai gwallgofrwydd ar ei ran oedd ymuno â'r gangen annelwig ac afreolaidd o'r gwasanaeth sifil yr oedd o bellach wedi bod yn ei chrafangau ers pum mlynedd. Ond roedd yr arian yn dda, ac ambell waith fe gâi gyfle i wneud y pethau cynhyrfus, mentrus yr oedd ei bersonoliaeth hollol blentynnaidd yn dal i ddyheu amdanyn nhw.

Nid, mae'n debyg, y tro hwn. Roedd o wedi cael ei roi yng ngofal tîm o dri i ddod i gyswllt â'r IRA mewn perthynas â dynladrad Merfyn Williams. Ac i gynnal trafodaeth gyda'r dynladron. Roedd y Llywodraeth yn dal i weithio ar y gred y gellid achub Merfyn Williams heb ryddhau'r Gwyddelod.

Pan ddechreuodd Martin ar ei waith o greu cysylltiadau answyddogol "cudd" â'r IRA, yn Llundain, trwy wneud peth mor syml ag yfed wisgi'n gwbl agored mewn gwesty yn Kensington ag un o'u swyddogion, fe gafodd orchymyn digon swta i eistedd wrth y teliffon yn y Swyddfa Gartref. a disgwyl neges. Pan ofynnodd am fwriadau'r IRA, am fwriadau'r dyn-ladron, am amcanion yr holl fusnes, fe gafodd nad oedd unrhyw groeso i'w gwestiynau o gwbl. Roedd yn amlwg fod yr IRA, ar lefel uchel iawn, wedi cau'r drws ar unrhyw drafod o fath yn y byd y tu allan i'r sianelau arbennig yr oedden nhw eisoes wedi penderfynu eu defnyddio. "*They couldn't be playing it closer to their chest,*" meddai Martin wrth ei bennaeth, "*I'm getting nothing at all.*" Felly doedd dim i'w wneud ond rhannu'r gwaith o eistedd wrth yr estyniad teliffon arbennig mewn ystafell anghysurus yng ngwaelod y Swyddfa Gartref, edrych allan trwy'r ffenestr uchel, a disgwyl.

Pan ganodd y gloch o'r diwedd, estynnodd Martin am y derbynnydd ar unwaith, pwysodd y botymau a fyddai'n sicrhau fod unrhyw sgwrs yn cael ei recordio, a gwrandawodd. Llais merch a siaradai'r pen arall. Ceisiodd Martin ddychmygu ei hwyneb a'i ffurf wrth wrando arni. Nododd y ffaith mai o focs cyhoeddus yr oedd hi'n galw.

"*I wish to speak to someone with the authority to discuss Mr. Merfyn Williams.*"

"*I have the authority to discuss that.*"

"*Who are you ?*"

"*Does that matter ?*"

Pwysodd Martin fotwm arall ar y bwrdd o'i flaen, botwm a alwai ei ddau gyd-weithiwr.

"*I want your name, and your status, or I ring off.*" Meddyliodd Martin am eiliad byr, yna atebodd yn glir ac yn bendant.

"*My name is Martin Freeman. I am a British government official. And I am instructed to discuss with you all possible means of securing the release of Mr. Merfyn Williams and his son.*"

"*I need to check that. I shall ring again in ten minutes.*"

Rhoddodd Martin y ffôn i lawr cyn clywed y clic terfynol o'r pen arall. Ac yna fe ddaeth y ddau arall i mewn.

"*O.K. Listen to this.*"

Chwaraeodd y recordiad o'r sgwrs yn ôl iddyn nhw, a gwenodd.

"*Cross-checking. She's bloody efficient. The whole set up is bloody efficient.*"

Ond fe wyddai Martin Freeman fod amser yn erbyn y dynladron. Gyda phob awr a âi heibio roedd y posibilrwydd yn tyfu y byddai rhywun yn rhywle yn gwneud camgymeriad, y byddai rhywun yn rhywle, trwy ddamwain, yn taro ar y dynladron. A beth wedyn ? Dyna pryd y byddai'r gwaith caled yn dechrau.

* * *

Trodd y ferch goler ei chôt law i fyny o gwmpas ei chlustiau, aeth yn ôl i'w char, a gyrrodd yn gyflym allan o bentref Church Stretton ar hyd y ffordd fawr i Amwythig. Trodd ar hyd un o'r ffyrdd bychain a arweiniai i'r wlad, ac yna arhosodd wrth ymyl y bocs teliffon cyntaf y daeth ar ei draws. Roedd wedi bod yn ôl yn y tŷ yn cysylltu ar y radio â swyddogion yr IRA yn Llundain, nid yn unig ynglŷn â Martin Freeman, ond ynglŷn â'r bygythiad i'w cynlluniau a gynigiwyd gan ddau ymweliad y plismon.

Bellach roedd hi'n berffaith sicr beth ddylai'r camre nesaf fod. Aeth i mewn i'r bocs teliffon, a chododd y derbynnydd. Aeth trwodd yn gyntaf, fel o'r blaen, i'r gyfnewidfa ganolog yn y Swyddfa Gartref. Yna fe glywodd lais Martin Freeman unwaith yn rhagor. Cyn dechrau siarad, edrychodd yn ofalus ar yr eiliadau'n ticio heibio ar ei wats, a gwnaeth nodyn o'r amser yn ei meddwl.

"*Mr. Freeman ? O.K. then. This is our final attempt to secure a reaction from you. We are not prepared to wait any longer. It is now 8 p.m. I shall ring again at midnight. Unless a positive decision to release all the prisoners is then announced to me over the telephone, and made public over the first available news broadcast tomorrow morning, there will be three separate unwarned bomb explosions in shopping precincts in separate parts of Britain at ten o'clock tomorrow morning. If this elicits no response, we will have no option but to cease negotiations, hold Mr. Merfyn Williams, and execute him and his son as soon as your sentence of judicial murder is confirmed by the Home Secretary . . .*"

"*Wait* !" Gwaeddodd Martin i lawr y ffôn cyn i'r ferch gael cyfle i roi'r derbynnydd i lawr. "*We must meet. We must talk.*"

"*You know that's impossible.*" Gwenodd y ferch wrth ddychmygu'r panig y pen arall. "*There's nothing to talk about. I shall ring again at midnight.*"

Gosododd y derbynnydd i lawr yn ofalus. Aeth yn gyflym allan o'r bocs ac i mewn i'r car. Trodd y car yn ôl yn y pentref agosaf, a phan gyrhaeddodd y ffordd fawr, aeth i gyfeiriad Amwythig. Fe fyddai'n llawer diogelach gyrru i ganolbarth Cymru ar hyd y priffyrdd. Ac ni fyddai'r Heddlu'n chwilio am geir yn gyrru o'r dwyrain i'r gorllewin. Ar yr ochr arall i'r ffordd y byddai'r blociau.

* * *

Roedd Martin Freeman yn filain. Cododd, ac arwyddodd ar un o'r ddau arall i gymryd ei le.

"*I'm going for a meal. You'd better hang on in case she changes her mind and rings again. Although I would expect her to change her mind about as often as a Sherman tank. You can't bloody negotiate with a computer.*"

Cerddodd yn gyflym trwy'r coridorau anferth, ac allan i'r nos. Roedd y cymylau wedi clirio, a'r lleuad yn llachar uwchben.

Pennod 21

HELBUL ELIN

SYNNWYR cyffredin a orfu yn y diwedd. Pan welodd Elin y nos yn cau o'i chwmpas a'r mynydd-dir mawr yn agor yn ddigroeso o'i blaen, peidiodd y chwiw yn ei phen ar drawiad, a thynnodd y car i arosfan ar ochr y ffordd. Taniodd sigaret a dechreuodd feddwl yn eglur ac yn gytbwys am y tro cyntaf er pan glywodd y newyddion deublyg am Merfyn ac Andrew.

Syllodd allan trwy'r ffenestr ar yr awyr llawn sêr, a theimlodd ddagrau poeth yn llosgi y tu ôl i'w llygaid. Roedd popeth wedi mynd o chwith. Yn sydyn, fe all patrymau bywyd newid yn llwyr. Un funud mae popeth yn gyfarwydd, mae siâp ac arferiad a chynllun y naill ddiwrnod yn dilyn y llall mewn undonedd diflas. Ac wedyn mae trychineb yn dod, ac mae'r cynnwrf a'r newid yn llawer gwaeth nag unrhyw undonedd. Mae holl sylfeini bywyd yn gwegian. Roedd rhyw bydew mawr wedi agor o'i blaen, yn hollol ddirybudd.

Wythnos yn ôl, roedd Elin wedi mynd i deimlo nad oedd Merfyn yn golygu dim iddi bellach. Roedd y ffaith ei fod yn gwrthod ymddiddori yn ei diddordebau trefol hi—y partïon, y theatr, yr holl sglein cymdeithasol a allai fod wedi gwneud diflastod ei waith fel gwleidydd yn dderbyniol iddi—wedi mynd yn fwrn arni. Ers dwy flynedd bellach, roedd e wedi mynnu dianc i Gefn-brain yn amlach, i grwydro'r llwybrau, ac i browla o gwmpas y mynyddoedd. Roedd hithau wedi ymddieithrio'n llwyr, gorff ac enaid, o fywyd y fferm ers llawer blwyddyn.

Fe gofiai mai mynd i'r dref oedd ei huchelgais fel plentyn. Dyna, wrth gwrs, uchelgais llawer o ferched a bechgyn ifainc a fegid ar y ffermydd y pryd hwnnw. Roedd goleuadau'r dref yn denu'r mwyafrif. Roedd hi, fel merch ifanc, yn hardd, ac fe wyddai hynny. Nid yn unig yn rhywiol atyniadol, yn llawn ac yn iach ac yn "barod amdani", fel digonedd o ferched y ffermydd, ond yn hardd. Fe gofiai fel yr eisteddai o flaen y drych yn ei hystafell a sylweddoli ei bod yn hardd. Meddyliai am y merched eraill yn yr ysgol yn sôn am y bechgyn oedd yn eu llygadu, a'r helyntion yr oedden nhw'n honni eu bod wedi eu cael y nos Sadwrn cynt, a'r helyntion yr oedden nhw'n disgwyl eu cael y nos Sadwrn ganlynol.

Roedd hi wedi penderfynu o'r cychwyn nad oedd hi ddim am fod yn rhan o'u campau o gwbl. Fe gâi hi ei rhamant yn ei ffordd ei hun. Ond mewn lleoedd gwell. Ac mewn dull mwy dymunol. Doedd hi ddim am ganiatáu i fechgyn yr ardal ei byseddu yn seddau ôl y sinema. Aeth i ffwrdd i'r coleg, a chafodd ei siâr o fechgyn ac o brofiadau arferol dyddiau coleg. Ond fe'i cadwodd ei hunan yn gwbl rydd. Yn rhydd oddi wrth y peryglon o syrthio mewn cariad. Roedd ei golygon, o'r cychwyn, ar Lundain, a chyfoeth ac enwogrwydd. Ar y math o beth sy'n mynd trwy feddwl llawer merch ifanc cyn iddi setlo am yr hyn sy'n bosibl, weithiau'n fodlon, weithiau'n anfodlon.

Y gwahaniaeth oedd bod ganddi hi'r dycnwch a'r penderfyniad i lynu wrth ei breuddwyd, a'i wireddu. Ei wireddu ? Na, roedd pethau wedi mynd o chwith. Cafodd rai blynyddoedd afieithus, llawn boddhad, llawn ymdeimlad o lwyddiant. Roedd hi'n wirioneddol hoff o Merfyn, ar y cychwyn. Yn hoff, ond nid mewn cariad. Roedd Merfyn, ar y llaw arall, wedi ffoli arni hi. Fe ddeuai Elin yn ôl i'w fflat ar ôl bod allan hefo Merfyn, edrych ar ei phrydferthwch yn y drych, a cheisio gweld pam yr oedd Merfyn yn teimlo fel yr oedd.

Ac unwaith yr oedden nhw wedi priodi, roedd e'n llawn tynerwch ac yn llawn parodrwydd i wneud beth bynnag yr oedd hi am wneud. Doedd hi ddim yn hapus pan ffeindiodd hi fod Andrew ar y ffordd. Roedd Andrew'n gamgymeriad. Ond roedd Elin, o bawb, yn gallu derbyn bywyd fel ag yr oedd. Ac fe wynebodd yr anochel. Wedi'r cyfan, roedd ganddyn nhw fodd i gyflogi gofalwraig i'r plentyn. Fe aeth Andrew i ffwrdd i'r ysgol yn gynnar. Doedd dim rhagor o gamgymeriadau. Ac yng nghwrs amser, fe syrthiodd Elin mewn cariad o'r diwedd. Yn sydyn, mewn parti, ac yn hollol anffodus.

Doedd ganddo fo ddim llawer o arian. Roedd o'n iau nag Elin. Roedd o'n newyddiadurwr. Roedd hi'n stori hollol glasurol. Chwerthinllyd o glasurol. Ac wedyn hyn. Y sylweddoli sydyn mai'r peth pwysicaf yn ei bywyd oedd Andrew. Yr unig beth parhaol. Y sylweddoli fod clywed am helynt Andrew wedi gyrru popeth arall o'i meddwl. A phawb arall. A phawb arall. Lluchiodd y sigarét trwy'r ffenestr, a thaniodd y peiriant. Gyrrodd yn ôl i gyfeiriad Tal-y-bont i chwilio am focs teliffon.

* * *

Roedd yn rhaid i fywyd y fferm fynd yn ei flaen. Ac felly fe aeth William a Margaret Rowlands o gwmpas eu gorchwylion yn ymddangosiadol normal. Gadawyd plismon yno i gadw cwmni iddyn nhw. Roedd yntau, wrth lwc, yn fab fferm, ac fe dreuliodd ei amser yn helpu William o gwmpas y lle. Pan ganodd y teliffon, roedd y ddau'n eistedd wrth y bwrdd yn y gegin, yn chwarae draffts. Aeth William at y ffôn.

"Elin ! . . . Mae Elin ar y ffôn, Eifion. Wyt ti isio siarad hefo hi ?"

"Ym . . . na . . . gofynnwch iddi lle mae hi."

"Elin ! Lle rwyt ti ? Mae nhw wedi bod yn chwilio amdanat ti yn bob man. Mi oedd 'na blismyn yn meddwl 'u bod nhw wedi cael gafael arnat ti yn Tal-y-bont . . . a wedyn mi oeddat ti wedi diflannu . . . be wyt ti'n 'i 'neud, dŵad?"

"Mr. Rowlands, gofynnwch iddi lle mae hi rŵan."

"Ia . . . lle rwyt ti rŵan 'ta . . . Be wyt ti'n i neud yn fan 'na . . . ?"

"Os ca' i, Mr. Rowlands ?"

Cymerodd y plismon y ffôn oddi wrtho, a gofyn yn fanwl am leoliad Elin, a'i ysgrifennu'n ofalus yn ei nodlyfr.

"Reit, Mrs. Williams. Os gwelwch chi'n dda wnewch chi aros yn union lle rydach chi. Fe ddaw'r bois i'ch hebrwng chi. Dydan ni ddim isio colli neb arall, yn nagoes ? Fyddan' nhw ddim yn hir. Dydyn nhw ddim yn bell oddi wrthoch chi."

* * *

Daeth Elin allan o'r bocs teliffon, a theimlo ias y noson farrug yn treiddio drwyddi. Rhedodd yn ôl i'r car, ac yna taniodd y peiriant er mwyn cynhesu. Pwysodd yn ôl yn ei sedd, caeodd ei llygaid, a cheisiodd ymlacio. Yna, ymhen munud neu ddau, clywodd sŵn car arall yn dod o gyfeiriad y mynydd. Rhoddodd y peiriant yn ofalus i'r gêr cyntaf, a gadael i'r car lithro ymlaen yng ngolau'r lleuad, rownd cornel y groesffordd lle roedd hi wedi aros, ac ar hyd ffordd drol am ganllath. Yna diffoddodd y peiriant, a throi yn ei sedd i edrych trwy'r ffenestr gefn.

Gallai glywed y sŵn yn dynesu—yn dynesu'n araf ac yn ysbeidiol, fel pe bai'n aros yn ei unfan bob yn awr ac yn y man. Yna gwelodd ei olau'n chwifio'n aflonydd ar draws y groesffordd. Cyrhaeddodd y car yn gysgod tywyll, a safodd yn ei unfan, a'i beiriant yn troi. Yna daeth rhywun allan a chroesi at y bocs teliffon. Roedd o'n rhy bell i Elin weld ei wyneb yng ngolau'r bocs, ond fe allai weld ei fod yn ddyn mawr, yn pwyso'n anghyfforddus dros y ffôn. Siaradodd yn fyr, rhoddodd y derbynnydd i lawr a daeth allan yn ôl. Siaradodd wedyn am amser â gyrrwr y car, cyn neidio i mewn. Trodd y car yn araf i mewn i'r ffordd drol, a llamodd calon Elin. Yna trodd yn ôl a chychwyn unwaith yn rhagor i gyfeiriad y mynyddoedd.

Roedd chwilfrydedd a phenderfyniad Elin wedi eu hysgogi'n llawn. Arhosodd nes gwelai'r golau'n diflannu i'r pellter, ac yna cychwynodd ar ei ôl, yn araf bach fel broga'n croesi'r ffordd, fesul sbonc a naid, gyda'r golau bach yn unig—a hen lamp y lleuad—i ddangos y ffordd iddi.

Pennod 22

'DRAW YMA'N RHYWLE ROEDD ANDREW YN CAEL EI GADW . . .'

Roedd y ferch yn wynebu problem ddyrys iawn. Ac roedd hi'n broblem a ofynnai am benderfyniad cyflym, a phenderfyniad y byddai'n rhaid glynu wrtho. Gan fod siawns, o leiaf, y byddai'r Heddlu'n cymryd diddordeb pellach yn y tŷ yn Church Stretton, roedd pob greddf gall yn dweud wrthi fod yn rhaid symud. Eu cynllun atodol, pe bai rhywbeth yn mynd o'i le, oedd mynd â Merfyn i'r fferm at Andrew, a chanoli'r pŵer i gyd yn hwylus yn y fan honno.

Ond gan fod Andrew bellach wedi dianc, doedd dim modd mynd â Merfyn i fyny yno nes byddai'r bachgen wedi cael ei ddal. Pe bai Andrew'n llwyddo i gyrraedd ffôn, neu fferm lle roedd pobl yn byw, fe fyddai'r guddfan fynyddig wedyn yn ddi-fudd. Doedd hi ddim yn awyddus i ddefnyddio gormod naill ai ar y set radio nac ar y teliffon. Roedd posibilrwydd—er mai posibilrwydd gwan—y gallai'r plismyn wrando i mewn ar y naill a lleoli'r llall.

Ac felly, cyn mentro symud Merfyn, fe benderfynodd y byddai hi ei hunan yn mynd i Bumlumon ac yn ôl yn ystod y nos i archwilio'r sefyllfa drosti ei hun. Gyrrodd yn effeithiol ac yn gyflym trwy Faesyfed a Rhaeadr Gwy, gan edmygu harddwch llachar y wlad yng ngolau'r lleuad, a chan ddechrau hiraethu yn y diwedd am nosweithiau tebyg yn Connemara, a'r lleuad yn gosyn aur dros Oughteraard a Maam Cross.

* * *

Paratoi i fynd adref am damaid brysiog o swper yr oedd Huw Edwards pan ganodd y teliffon. Estynnodd law flinedig amdano, gan grechwenu ar y ditectif oedd wedi cael gorchymyn i wneud rhestr fanwl-gronolegol o ddigwyddiadau'r ddau ddiwrnod oedd bellach yn ymestyn yn ôl i bellafoedd hanes Roedd yn teimlo'n llwglyd dros ben.

"Ia, Inspector Edwards . . . o ble ? O'r gorau, rhowch o ar y lein." Rhoddodd ei law dros geg y ffôn, a throi at y bachgen ifanc, "Rhyw neges o Church Stretton o bobman . . ."

" *yes, yes it is . . . No, no, that's quite all right . . . Could you give me all the relevant facts, in as much detail as possible, please ? . . . Mmmm . . . Mmmm . . . Yes, I think it is. Yes, sergeant, I'll come down myself. Yes, now. Could you find me, say three men ? Thank you very much. Yes, thank you . . . Well, it should take me, say, a good hour and a half . . . Right then.*"

Rhoddodd y ffôn i lawr.

"Dos i ofyn am fflasg o goffi yn y cantîn, wnei di ? Dyna'r blydi swper 'na wedi mynd i'r gwellt eto. Rydan ni am fynd am reid bach yn y nos, machgan i. Mae hi jest yn bosib ein bod ni wedi dod ar draws rhwbath. Jest yn bosibl . . ."

* * *

Doedd Elin ddim yn cael unrhyw anhawster i ddilyn y car. Ei oleuadau sbonclyd, llachar, oedd yr unig lygedyn o olau ar wyneb daear. Ar y llaw arall, roedd gyrru'n ddigon cyflym i wneud yn sicr ei bod yn ddigon agos i wybod yn weddol gywir ble'r oedd o am aros, yn waith anoddach o lawer.

Feiddiai hi ddim troi'r prif oleuadau ymlaen, ac unwaith neu ddwy fe fu bron iawn iddi yrru'n syth i'r ffôs, gan mor sydyn ac annisgwyl oedd troeadau'r ffordd. Ar ben hyn, roedd gyrrwr y car o'i blaen yn cau pob giât ar ei ôl yn ofalus iawn. Cyn hir, roedd Elin wedi cael ei harwain i ran o'r mynydd-dir oedd yn hollol ddieithr iddi, a'r unig beth y gallai ddweud i sicrwydd oedd ei bod yn rhywle i'r Gogledd o Bumlumon, ac mewn ardal lle'r oedd gweithfeydd mwyn yn lluosog ers talwm.

Pasiodd ddau safle o'r fath, gyda'u hadfeilion a'u tomennydd sbwriel yn ddrychiolaethau rhithiol yn y llwydolau oeraidd. Yna sylweddolodd fod y car wedi aros yn hwy nag yr arferai aros i agor a chau giât. Wedyn diffoddwyd y golau. Roedd cymylau wedi hel o flaen y lleuad, ac roedd hi'n dywyll iawn. Fe fu bron iddi yrru i mewn i giât gaeëdig. Ond yna, unwaith yr agorodd y giât, gyrru trwodd a'i chau ar ei hôl, symudodd y cymylau unwaith yn rhagor, ac fe allai weld ffurf tywyll hen ffermdy a'i feudai mewn pantle rhyw hanner milltir ar hyd y ffordd.

Doedd dim golau i'w weld. Doedd dim car yn y golwg. Ond roedd Elin yn ddigon sicr yn ei meddwl mai yno yr oedd y golau wedi aros. Tynnodd y car oddi ar y ffordd ar glwt lefel o dir lle roedd corlan ddefaid, a cheisiodd ei gorfodi ei hunan i ymdawelu, a meddwl yn ofalus, a chall. Ond ni allai. Roedd ei chalon yn curo fel drwm. Roedd hi'n siŵr iawn yn ei meddwl ei bod wedi darganfod cuddfan y dynladron. Draw yn yr adeilad yna yn rhywle yr oedd Andrew'n cael ei gadw. Caeodd ei dyrnau'n dynn ; teimlodd y dagrau'n boeth yn ei llygaid. Roedd yn rhaid iddi fynd i chwilio amdano.

* * *

Pan gyrhaeddodd car y plismyn y groesffordd lle'r oedd y bocs teliffon, doedd neb i'w weld yn unman. Ochneidiodd y ddau blismon yn drwm, gan edrych ar ei gilydd. Pwyntiodd yr hynaf o'r ddau, y gyrrwr, at y radio a'r meic.

"Gwell i ti weud wrthyn nhw 'te."

"O jiw, fydd y bos ddim yn leicio hyn."

Estynnodd y plismon ifanc, fawr fwy na bachgen, heb urddas swyddogol ei gap, am y meic, ac wedi bwrw trwy'r agoriad ffurfiol, gofynnodd am Huw Edwards.

"Ddim 'na ?" Edrychodd ar draws y llall mewn syndod.

"Sergeant Evans ? Ie, wel, mae hi wedi mynd i rywle eto, sarge . . . na, does dim golwg fan hyn . . . Do, do, yn syth yma . . . do, sarge, yn syth . . . Wel oes, mae ffyrdd erill i gâl, digon ohonyn nhw . . . Mynd i fyny ? Reit te . . . ie, reit sarge."

Rhoddodd y meic yn ôl yn ei le.

"Mae e am i ni fynd lan i'r fferm ger Dolgellau. Maen nhw'n credu ei bod hi wedi mynd yno ar hyd rhyw ffordd arall. Dyna beth wedodd hi ar y ffôn."

"*No chance.*" Ysgydwodd y llall ei ben. "Ar hyd y ffordd hon y bydde hi wedi dod. Mae hi yma yn rhywle."

"Wel, dyna beth wedodd Sergeant Evans. Mynd lan i Ddolgellau."

"Na fe 'te. Lan â ni. Ond smo i'n credu 'i bod hi wedi troi'n 'i hôl."

Roedd yn dal i ysgwyd ei ben wrth ailgychwyn y peiriant, ac edrychodd yn ofalus trwy'r ffenestr flaen wrth adael i'r lampau ardderchog foddi'r mynydd mewn llifolau. Yna dechreuodd droi'r car yng nghyfyngder culni'r ffordd.

"Ble mae'r bos wedi mynd 'te? Roeddwn i'n meddwl 'i fod e'n becso am y ferch 'ma . . ."

"Wedi mynd ar frys i rywle, medden' nhw. Church Stretton, rwy'n credu wedodd e . . ."

Pennod 23

NOS AR Y MYNYDD

ROEDD gyrrwr car yr Heddlu'n parhau'n gwbl anfodlon ynglŷn â'r gorchymyn i fynd i fyny i Ddolgellau. Ysgydwodd ei ben yn anhapus wrth hyrddio'r Cortina rownd corneli'r ffordd gul a arweiniai'n ôl i Dal-y-bont.

"Mae hi lan tua'r mynydd 'na yn rhywle. 'Dyw hi ddim wedi dod nôl ffordd hyn."

"O Sam, dere ! Shwd wyt ti'n gwybod hynny 'te? Maen' nhw wedi dweud wrthon ni am fynd i Ddolgellau, so pam wyt ti'n becso 'te?"

"Fydden' nhw ddim wedi taro ar hynny pe baet ti ddim wedi dweud y rwbish 'na am ffyrdd cefen . . ."

"Wel, mae ffyrdd cefen i gâl, on'd os e ?"

"Smo i mor siŵr o 'ny."

"O'r gore, 'te." Estynnodd y plismon ifanc drosodd i'r silff flaen, a dechrau ymbalfalu ymysg y papurau a'r geriach. "O'r gore. Mae'n well i ni edrych ar y map. Aros am funud."

Tynnodd y llall y car yn esmwyth i mewn i adwy fferm, a diffodd y peiriant.

"Reit 'te. Dere i ni weld."

Pwysodd y ddau dros y map, a dangosodd y plismon ifanc y ffordd igam-ogam a allai fod wedi galluogi Elin Williams i fynd heibio heb iddyn' nhw ei gweld.

"Ond pam dyle hi ddewis shwd ffordd? Dwed hynny 'te."

"Shwd wyt ti'n disgwyl i fi wbod ? Mae'r ferch yn '*half-cut*', ta beth, ffordd mae hi wedi bod yn hopan obiti'r lle heddi."

"Olreit 'te. Olreit."

Cychwynnodd y gyrrwr y car, ond fel roedd e'n dechrau symud wysg ei gefn allan o'r adwy, edrychodd y llall dros ei ysgwydd :

"Aros. Mae rhywun yn dod lan." Chwipiodd y golau drostyn' nhw ac yn ei flaen i gyfeiriad Elerch. "Mae rhywun ar frys i gyrraedd adre'."

"Leiciwn i fod yn 'i le fe. Fi'n mynd yn rhy hen i ruthro obiti'r lle ganol nos."

"Chwarter wedi naw yw'r amser, Methusela." Edrychodd y bachgen ar ei wats, a nodi ar ei daflen-daith eu bod wedi aros ar y groesffordd i chwilio am Elin am naw o'r gloch union.

"Digon agos," meddai wrtho'i hun, "naw o'r gloch."

"Ti'n gwbod beth wy i'n 'i feddwl . . ." meddai'r llall.

* * *

Trodd y ferch i fyny heibio i'r 'Llew Coch' yn Nhal-y-bont ac ar hyd y ffyrdd troellog gyda hyder anymwybodol y gyrrwr greddfol. Roedd hi a'r car fel ceffyl a'i farchog, yn deall ei gilydd i'r dim. Ar hyd y daith, roedd ei meddwl wedi bod yn gweithio'n gyflym. Pe baen nhw'n dal y bachgen ar unwaith —hwyrach fod y dynion yn y ffermdy eisoes wedi ei ddal— yna fe allai hi ddefnyddio'r radio a chael y ddau arall i ddod â Merfyn i fyny yno'n syth. Fe fyddai pawb gyda'i gilydd wedyn, allan o gyrraedd, ac allan o berygl. Pe bai'r bachgen heb ei ddal, yna fe fyddai'n rhaid iddi hi ddychwelyd i Church Stretton cyn y bore, a mynd â'r ddau ddyn arall gyda hi o'r fferm. Y naill ffordd neu'r llall, fe fyddai'r ddwy garfan wedi cyfarfod erbyn 'fory. Yr oedd rhywbeth i'w ddweud dros hynny, er ei fod yn groes i'w cynlluniau gwreiddiol.

Pan welodd gar yn dechrau bagio allan i'r ffordd o'i blaen, ymatebodd yn gyflym. Yna, wrth iddi chwyrlïo heibio i fyny'r rhiw, gwelodd y golau ar ei do trwy gornel ei llygaid, a chafodd gipolwg ar y streipen goch ar hyd ei ochr. Na, roedd y peth yn amhosibl. Sut y gallen nhw fod wedi darganfod y fferm ? Beth oedd wedi eu harwain yno ? Gyrrodd yn araf-ach, ond bellach roedd ei hymennydd yn gweithio'n gyflym iawn. A oedd hi'n gyrru ar ei phen i drap ? A oedd y car a basiodd yn dilyn yn ofalus ar ei hôl i wneud yn siŵr na fyddai hi ddim yn dianc ? Beth oedd y sefyllfa yn y fferm ? Hyd yn oed pe bai ganddi feic-radio yn y car, ni fyddai wedi meiddio'i ddefnyddio, a char y plismyn mor agos. Yn sicr ddigon, ni allai yrru'n syth ymlaen i'r fferm heb wneud rhyw ymgais i ddarganfod y gwirionedd. Roedd yn bosibl mai cyd-ddig-wyddiad oedd presenoldeb car y plismyn ger Tal-y-bont. Yn bosibl, ond nid yn debygol.

Na, roedd yn rhaid iddi ragdybio bod trap yn cael ei osod. Beth wedyn ? Beth fydden nhw'n disgwyl iddi hi ei wneud ? Gyrru'n syth ymlaen am y fferm ? Ie, mae'n debyg, onid oedd y plismyn yn y car bellach wedi sylweddoli ei bod hi wedi eu gweld. Beth wedyn? Fe fydden nhw'n disgwyl iddi geisio dianc, siŵr o fod. I ba gyfeiriad ? Ar hyd y ffyrdd bach, diarffordd. O'r gorau, yr ateb iddi hi oedd gadael y cam nesaf iddyn nhw. Pe bai'n angenrheidiol wedyn, fe fyddai'n rhaid iddi saethu ei ffordd allan a chyrraedd Church Stretton. Beth bynnag oedd wedi digwydd yn y fferm, roedd Merfyn Williams o hyd yn eu dwylo, ac roedd hi'n gwbl angenrheidiol iddyn nhw ddwyn eu cynllun i ben, doed a ddelo.

Fel roedd hi'n troi'r cyfan yn ei meddwl, ymddangosodd croesffordd o'i blaen, ac ar un ochr i'r ffordd, oleuni bocs teliffon. Dyma'r lle i aros. Roedd dwyawr a hanner i fynd cyn y byddai'n rhaid iddi ffonio Llundain. Medrai ffonio o'r bocs yma. Fe fyddai'n lle delfrydol. Trodd y golau i ffwrdd, swatiodd yn ei sedd, taniodd sigaret, a setlodd i aros. Ond cyn gwneud unrhyw un o'r pethau hyn, agorodd ei bag, tynnodd bistol bychan, du allan ohono, a'i osod yn gyfleus o'i blaen wrth ymyl yr olwyn.

* * *

Pan welodd Andrew'r dyn yn sefyll yn nrws y fferm ac yn syllu i'w gyfeiriad, penderfynodd fod yn rhaid symud, a symud ar unwaith. Doedd dim gobaith cyrraedd y ffordd a arweiniai heibio i'r fferm yng ngolau'r lleuad heb i rywun ei weld. Yr unig obaith oedd glynu wrth y cynllun gwreiddiol, a mynd i fyny ymhellach i'r mynyddoedd. Trodd ar ei gefn, a dechreuodd deimlo'i goes dde'n ofalus o'i glun i'w sawdl.

Doedd dim chwydd i'w deimlo yn unman. Ond roedd wedi disgyn yn drwm ac yn drwsgwl ac wedi rhoi pwys anwastad ar ei ben-glin wrth wneud hynny. Gallai blygu ei goes, ond roedd hi'n boenus dros ben. Chwiliodd o'i gwmpas am ffon yng ngolau'r lleuad, ac fe welodd hen fonyn crin yn ddigon agos. Aeth ar ei bedwar tuag ato, a halio brigyn gweddol syth oddi arno. Yna llithrodd yn ôl i lawr y bryncyn i'r pantle lle roedd cwt y bugail. Cododd yn ofalus ar ei draed, a chan dynnu'r blanced amdano, dechreuodd hercian yn drafferthus ar hyd y llwybr defaid a arweiniai'n syth dros ysgwydd y mynydd ac i'r tywyllwch y tu hwnt.

Pennod 24

UN AR DDEG

ROEDD hi'n un ar ddeg o'r gloch. Roedd y nos o hyd yn glir ac yn serog, a'r barrug yn brathu. Gyrrodd car Huw Edwards yn gyflym i mewn i bentref Church Stretton. Ond prin fod Huw wedi sylwi. Roedd dau beth yn pwyso ar ei feddwl. Yn y lle cyntaf, roedd y negeseuon cyson ac anesboniadwy ynglŷn ag Elin Williams yn ei yrru i ddyfnderoedd o anobaith ac anneall. Beth oedd yn mynd ymlaen ? Roedd Huw Edwards yn blismon profiadol, ond roedd cymhlethdodau'r achos presennol yn trethu ei amynedd.

Swyddogion MI 6, y gwasanaeth cudd, merched dwl yn colli'u pennau, a chymylau duon bygythion yr IRA yn hofran dros y cyfan. A'r wybodaeth sicr nad oedd dim o gwbl y gallai ef ei wneud. Dim o gwbl. Rhuthro o gwmpas yn gosod y peiriant ar waith, gyrru o Ddolgellau i Flaen-nos, o Flaen-nos i Ddolgellau, o Ddolgellau i Church Stretton. Ond roedd y cyfan allan o'i ddwylo ef. Roedd rhyw weithgarwch gwleidyddol yn digwydd yn Llundain, siŵr o fod, er nad oedd dim arwydd o hynny. Roedd rhywun yn siarad â rhywun yn rhywle, ac yn y cyfamser fe fyddai'r bomiau'n dechrau ffrwydro, a phobl yn cael eu hanafu a'u lladd. Ochneidiodd, a throdd at y gyrrwr.

"Mi chwiliwn ni am y tŷ 'ma cyn mynd i'r stesion. Fe hoffwn i gael golwg arno fo. Ar y *set-up*. Mae'r cyfeiriad gen ti ?"

"Ydy, syr . . . ym . . ."

"Wel, mi chwiliwn ni amdano fo. OK ?"

Roedden nhw'n debyg o gychwyn stori yn y pentref, wrth gwrs, car yr Heddlu'n holi am gyfeiriad yn y nos. Ond doedd dim llawer o ots am hynny. Os oedden nhw wedi digwydd taro ar y lle, os oedd rhagluniaeth a phlismon ifanc effro wedi ei arwain i'r lle, yna doedd dim llawer o wahaniaeth faint o bobl fyddai'n gwybod. Fe fyddai'r wlad i gyd yn gwybod yn ddigon buan . . .

"Dyma hi'r stryd, syr. Rydan ni bron iawn allan o'r pentref. Ar y ffordd i Amwythig . . ."

"Reit." Deffrôdd Huw. Gwthiodd ei synfyfyrion yn filain oddi wrtho. Agorodd ddrws y car. "Aros di yma. Fe â i draw i weld."

Cerddodd yn hamddenol i lawr y rhes o dai mawr y tu ôl i'w gwrychoedd a'u giatiau crand, a safodd o'r diwedd o flaen tŷ'r meudwy, George Gorrige. Edrychodd ar onglau a thoeau cymysglyd yr hen dŷ, ac ar y caeadau-tynnu ar y ffenestri. Roedd popeth yn hollol gaeëdig, yn hollol ddistaw. Ac eto fe deimlai beth o'r ias oer a gerddai ei waed bob tro yr oedd yn agos i ddalfa bwysig. Greddf yr heliwr ? Profiad y plismon profiadol ? Chwarddodd yn dawel wrtho'i hun wrth gerdded yn ôl i'r car. Roedd ei reddf wedi bod yn anghywir o leiaf cyn amled ag yr oedd wedi bod yn gywir. Ac eto, roedd rhywbeth yna. Rhyw ymdeimlad o dawelwch gorddistaw. Agorodd ddrws y car. Roedd wedi gwneud penderfyniad.

"Reit. Am y stesion cyn gynted ag y gallwn ni. Rydw i'n credu bod yn well i ni weld y tu mewn i'r lle yna . . . wyddost ti ddim. . . ."

* * *

Roedd hi'n un ar ddeg, ac eisteddai'r ferch yn llonydd yn ei char. Yn awr ac yn y man, fe godai a llithro allan trwy'r drws agored, ei gwn yn ei llaw, i gerdded mor ddistaw â llwynog o gwmpas y groesffordd, ac yna'n ôl yr un mor ddistaw i'r car. Eisteddai'n ôl wedyn, y gwn yn ei chôl, ei llygaid ynghau, yn gwrando ac yn gwrando.

Roedd awr i fynd cyn y byddai'n rhaid iddi ffonio Llundain. Fel yr oedd y munudau'n ticio heibio, fe'i gorfododd ei hunan i beidio â meddwl am y canlyniadau, i beidio â meddwl o gwbl am yr hyn y byddai'n rhaid iddi hi ei wneud pe bai'r ateb o Lundain yn negyddol am hanner nos. A sut y gallai'r ateb fod mewn unrhyw fodd yn gadarnhaol ? Fe wyddai'n iawn fod ei meistri wedi gwneud yn siŵr o hynny o'r cychwyn. Ac fe wyddai fod ei theimladau hi'n amherthnasol. Roedd yn rhaid eu gwthio'n benderfynol o'r neilltu, y tro yma fel sawl tro o'r blaen.

* * *

Roedd hi'n un ar ddeg, ac Elin Williams yn dal i gadw gwyliadwriaeth ar y fferm. Roedd wedi ei gorfodi ei hun i eistedd a disgwyl. Sawl gwaith roedd hi wedi agor y drws, a chychwyn allan i'r nos ? Roedd hi'n hollol sicr fod Andrew yn y tŷ tywyll. Ond wyddai hi ddim beth i'w wneud ynglŷn â'r peth.

Doedd dim pwrpas mynd yn ôl i ffonio. Doedd dim arwydd o neb yn y fferm. Sut bynnag, doedd hi ddim yn fodlon tynnu ei golwg oddi ar y lle am funud. Tra gallai hi eistedd a gwylio, roedd hi'n agos at Andrew. Ac fe ddeuai amser pryd y gellid gwneud rhywbeth. Fe fyddai'n rhaid iddyn nhw symud yn hwyr neu'n hwyrach. Nid oedd wedi meddwl cyn belled â'r bore. Nid oedd wedi ystyried beth i'w wneud pan fyddai golau dydd yn lladd pob cyfrinach, yn datgelu pob cuddfan, a'i gadael hithau'n ysbail hawdd i bwy bynnag oedd yn cadw Andrew.

* * *

Roedd hi'n un ar ddeg, ac Andrew wedi baglu sawl gwaith wrth grwydro ar draws llwybrau'r mynydd. Ac yna, o'r diwedd, daeth o hyd i guddfan fwy parhaol. O'i flaen, gwelai adfeilion caled, esgyrniog rhyw hen waith mwyn yn siarp ac yn ddu yn erbyn yr awyr. Roedd ei ben-glin ar dân. Prin y gallai ei phlygu o gwbl erbyn hyn, ac roedd yn rhaid iddo bwyso'n drwm ar y ffon a dorrodd o'r goeden grin.

Teimlai'n boenus iawn i'w chyffwrdd hefyd. Yn boenus ac yn chwyddedig. Ond mynnodd Andrew ymladd ei ffordd i gysgod yr adeiladau. Wrth ymyl y gwaith, fel arfer, roedd nant yn rhedeg yn bendramwnwgl i lawr y llethr, ac uwchben, domennydd o rwbel. Gallai glywed rhyw ddernyn rhydd o haearn yn taro'n erbyn y to'n rheolaidd, yn ymateb i bob hwrdd o wynt trwy gyflymu a chodi lefel ei nodyn angerddol. A draw mewn cornel ddiarffordd, roedd hen gwt a'i do'n dal i sefyll—ogof ddu ymysg y creigiau artiffisial.

Llusgodd ei ffordd i mewn iddo, a disgynnodd yn swp ar y

llawr. Disgyn ar y llawr, lapio'r blanced yn dynnach amdano, ac yn awr, wedi gorffen yr ymdrech gorfforol faith o'r diwedd, dechreuodd sylweddoli pa mor ddychrynllyd oedd ei sefyllfa. Dechreuodd grynu'n ddilywodraeth, ei droed yn curo fel morthwyl yn erbyn y wal.

* * *

Roedd hi'n un ar ddeg, a'r ddau blismon ar eu ffordd yn ôl o Ddolgellau i Dal-y-bont, yn ddiamynedd ac yn flinedig dros ben. Roedden nhw wedi cyrraedd Cefn-brain, a chael bod William, a'i ŵyr mabwysiedig, P.C. Pritchard, yn dal i chwarae draffts, a bod Margaret yn paratoi i fynd i'r gwely. Ar ôl yr alwad annisgwyl ar y ffôn oddi wrth Elin, doedden nhw ddim wedi clywed gair gan neb, Wedi aros am amser hir i gael neges trwodd i Huw Edwards yn ei gar, cychwyn yn ôl wedyn, gan adael teulu Cefn-brain i glwydo.

"Fe ddwedes i o'r cychwyn . . ."

"Olreit. Olreit . . . Wyt ti'n meddwl fod hithe wedi mynd hefyd ?"

"Wel, os odi'ddi, rŷn ni'n gwybod o'r gore ble maen nhw, o fewn milltir neu ddwy. Os odyn' nhw wedi cipio'r fenyw 'to, maen nhw wedi gwneud camgymeriad . . ."

* * *

Roedd hi'n un ar ddeg, roedd Martin Freeman yn ôl wrth ei deliffon, wedi cael gorchymyn pwysig. Roedd hi'n un ar ddeg, a phawb yn disgwyl. Aeth amser yn ei flaen, a symudodd y lleuad yn araf dros yr awyr, ond er bod rhai dynion yn Llundain yn paratoi'n oeraidd a bwriadus i achosi poen a marwolaeth i ddynion eraill nad oedden nhw erioed wedi eu gweld, cyfnod llonydd oedd hi ym myd dynion.

Pennod 25

CYFADDAWD

CANODD cloch y teliffon. Cydiodd Martin yn y derbynnydd ar unwaith a'i godi at ei glust. Yna dechreuodd ddarllen datganiad swyddogol yn araf ac yn ofalus, i geg y ffôn. Swm a sylwedd y datganiad oedd ei fod ef, Martin, wedi ei orchymyn i drefnu lle ac amser pryd y gellid cyfnewid unrhyw ddau o'r carcharorion oedd dan ddedfryd marwolaeth am Merfyn ac Andrew Williams. Fe fyddai'r Llywodraeth wedyn yn fodlon trafod dyfodol y gweddill o'r dynion oedd dan ddedfryd marwolaeth.

Gorffennodd ei ddatganiad, a gwrandawodd ar y distawrwydd y pen arall.

"*Have you got that* ?"

"*I've got it.*" Distawrwydd eto. Dim ymateb.

"*Well* ?"

"*I can't say. Stay by your phone. I'll ring you back within the hour.*"

Clic ! Peidiodd y mwmian ar y lein. Eisteddodd Martin yn ôl yn ei gadair a'r chwys yn dylifo i lawr ei wyneb. Cododd y derbynnydd unwaith yn rhagor, a byseddu'n gyflym y pum rhif a fyddai'n ei gysylltu â phencadlys MI 6.

* * *

Cerddodd y ferch allan o'r bocs teliffon i'r nos, a thaniodd sigaret. Roedd yn rhaid ceisio meddwl yn glir. Meddwl yn oer, ond meddwl yn agored. Aeth dros y gamfa, ychydig y tu hwnt i'r lle roedd hi wedi parcio'r car, a dechrau cerdded yn gyflym ac yn fwriadus ar draws y manwellt crin, ar hyd cerrig mân yr hen lwybr oesol a arweiniai dros y drain i bellteroedd y mynydd-dir.

Dechreuodd ddringo'r llwybr, yn ymwybodol iawn o'r distawrwydd o'i chwmpas, gan fynnu gosod trefn ar y tryblith ffeithiau a theimladau oedd yn heidio yn ei phenglog fel brain yn clwydo. A oedd digon o bendantrwydd yn y neges iddi atal y bomiau ? Ynteu tric i ennill amser oedd y cyfan ?

Ceisiodd weithio pethau allan mor fanwl ag y gallai yn ei meddwl. Pe bai hi'n atal y bomiau . . .? Pe bai'r Llywodraeth mewn gwirionedd yn bwriadu dod i'w cyfarfod, yna . . . ?

Pe bai'r bomio'n digwydd, a fyddai hynny'n newid cynllun y Llywodraeth? A oedd y cynllun yr oedd y Cabinet wedi cytuno arno, beth bynnag oedd hwnnw, mewn gwirionedd, wedi cymryd yn ganiataol y byddai'r bomio'n mynd yn ei flaen, ynteu a gynlluniwyd y cynnig ar frys, er mwyn ceisio eu perswadio hwythau i newid eu cynlluniau hefyd ?

Yr unig ystyriaeth bwysig oedd effeithiolrwydd. Sut y gellid sicrhau rhyddhad ei chyd-filwyr. Wrth reswm, doedd dim galw am dywallt gwaed yn ddiachos. Ond roedd tywallt gwaed yn anochel mewn rhyfel. Doedd dim pwrpas meddwl gormod am hynny.

Fel y cerddai'n uwch ac yn uwch, daeth y lleuad i'r golwg yn sydyn o'r tu ôl i gwmwl trwm, a disgleiriodd dros yr holl ardal. Safodd hithau'n llonydd. Wedi ei tharo'n fud gan brydferthwch y nos, pwysodd yn ôl yn erbyn asgwrn o graig, a thaniodd sigaret arall.

Yna'n ddirybudd, llifodd hiraeth drosti. Rhyw hiraeth na allai'n hawdd ei leoli. Hiraeth am orllewin Iwerddon, ac yn sicr, am dawelwch nosweithiau eraill.

* * *

Gwelodd Elin ddrws y fferm yn agor, a thri o bobl yn ymddangos ar y rhiniog. Roedd pob un yn cario lantar drydan, ac yn gwisgo cotiau '*parka*' trwchus fel ei bod yn anodd iawn gwybod prun ai dynion ynteu merched oeddynt. Cychwynnodd y tri allan i'r tywyllwch, ac yna gwahanu ac ymbellhau, y tri i gyfeiriadau gwahanol, fel magïod yn sboncio, hercio mynd mewn dawns ddibatrwm dan y lloer.

Beth oedd yn digwydd ? Oedden nhw'n chwilio amdani hi ? Yna chwarddodd am ei phen ei hun. Hyd yn oed pe baen nhw wedi clywed sŵn car yn eu dilyn, beth yn y byd fyddai pwrpas chwilio llwybrau'r mynydd ?

Gwawriodd y gwirionedd yn araf ond yn sicr yn ei meddwl, fel cwmwl yn symud oddi ar wyneb y lleuad. Yr unig ffordd i wneud yn siŵr oedd mynd i mewn i'r tŷ i weld. Gallai glywed lleisiau'n dal i alw ar ei gilydd, ond roedd un o'r goleuadau bellach wedi diflannu dros y drain, ac un arall yn chwarae mig â'r creigiau yn y pellter.

Agorodd Elin ddrws y car yn dawel, dawel, a dechreuodd gerdded dros y gwellt i gyfeiriad y rhimyn tenau o olau melyn, lle'r oedd y drws wedi ei adael yn gilagored. Teimlai'n hollol oer a dideimlad fel y dynesai at y drws. Nid oedd yn teimlo'n ofnus. Nid oedd yn teimlo unrhyw beth o gwbl, ond yr angen i fod y tu mewn i'r hen ffermdy, a dod o hyd i'r gwirionedd am Andrew.

Cyrhaeddodd stepan y drws, a throdd i chwilio am y goleuadau. Roedd pob un o'r tri wedi diflannu. Sleifiodd trwy'r rhimyn golau, ac fe'i cafodd ei hun mewn pasej cul henffasiwn, yn arwain i ystafell fawr wedi ei moderneiddio. Yn yr ystafell roedd lle tân agored o gerrig nadd, wedi ei agor allan a'i ailadeiladu'n gelfydd. Roedd olion pryd aflêr o fwyd o hyd ar y bwrdd. Tri phlât a thair cwpan. Aeth Elin ymlaen ar hyd y coridor a arweiniai i'r ystafelloedd eraill, ac yn y man cyrhaeddodd ddrws arall oedd yn gilagored, a golau llachar y tu mewn.

Am y tro cyntaf, teimlodd ofn yn cyniwair trwyddi. Safodd yn betrus yn y coridor tywyll am foment, yn ymladd y cryndod a ddeuai drosti. Yna gwthiodd y drws yn llydan agored a cherddodd i mewn. Y peth cyntaf a dreiddiodd ati oedd yr awel oer a chwythai trwy'r cwarel wag yn y ffenestr. Edrychodd o'i chwmpas, ac yna cerddodd at y ffenestr.

Tyfodd yr ofn yn ddychryn diderfyn. Roedd Andrew allan yna yn rhywle, yn nos y mynydd, a'r magïod ofnadwy'n ei hela fel llwynog ar draws y gwylltir. Teimlodd sgrech o brotest yn codi o ddyfnderoedd ei bod, ac wrth ymladd am ei hunanfeddiant, methodd glywed sŵn traed yn blaendroedio'n dawel, dawel y tu ôl iddi.

* * *

Cododd Martin Freeman y ffôn eilwaith. Ac wrth wrando'r tro hwn, daeth peth tawelwch i dyndra'r llinellau o gwmpas ei lygaid.

"*You will nominate the place and time? At ten tomorrow morning? Right . . . Right.*"

Rhoddodd y ffôn i lawr, ac estynnodd ar unwaith am y derbynnydd arall. Pan gafodd ateb, siaradodd yn fyr ac i bwrpas, â haearn yn ei lais.

"*They've bought it. We've got the delay. Next step* 10 *a.m. tomorrow.*"

* * *

Wedi gorffen ffonio, rhedodd y ferch o'r bocs ffonio i'r car. Trodd y car i wynebu'r ffordd fawr. Yna cyn cychwyn gyrru'n ofalus yn ôl i gyfeiriad Tal-y-bont, gosododd y dryll ar lintar y ffenestr o'i blaen, a'i garn cyn agosed at ei llaw dde ag y gellid ei gael. Pe baen nhw'n disgwyl amdani ar y ffordd, yna fe fyddai brwydr. Doed a ddelo, roedd yn rhaid iddi gyrraedd Church Stretton yn ddiogel cyn y bore.

Pennod 26

AMHEUAETH

DECHREUODD llwydni'r wawr oleuo düwch y cerrig o'i gwmpas, a deffrôdd Andrew'n araf o'i gwsg anesmwyth. Roedd ei wddf yn llosgi a'i geg yn sych. Pan geisiodd symud, sylweddolodd fod ei goes bellach yn ddiffrwyth hollol. Ni allai ei symud o gwbl.

Rhedodd ei law dros y llawr daear wrth ei ymyl, a theimlo'r gwlybaniaeth a chraster y pridd. Gwaeddodd nerth ei ben, "Help! Help! Mam, o, mam, mam, mam, mam . . ." a daeth y cryndod yn ôl i'w gorff. Closiodd at gornel y wal, a thynnodd y blanced dros ei ben, gan geisio dianc i'w chynhesrwydd oddi wrth ddychryniadau'r byd.

* * *

"*Well, well, what do we . . .*"

Trodd Elin ar ei sawdl cyn gynted ag y clywodd sŵn traed, hanner eiliad cyn clywed llais. Yna, a llen coch o wallgofrwydd direol yn hofran o flaen ei llygaid, hyrddiodd y dors drom a gariai gyda hi cyn galeted a chyn gyflymed ag y gallai, i gyfeiriad y llais. Teimlodd gornel y dors yn taro'n solet yn erbyn asgwrn.

Trodd y geiriau'n riddfan anifeilaidd aneglur, a thrawodd Elin y dors unwaith, ddwywaith eto yn erbyn y dwylo oedd bellach yn crafangu am wyneb y dyn. Baglodd yntau'n ôl, a gwelodd Elin gochni gwaed yn dechrau diferu rhwng ei fysedd ac i lawr ei arddyrnau.

Safodd yn llonydd am foment, fel un mewn llesmair, yn gwylio'r afonig waed yn staenio'r siersi las a chreu clwt piws ar ymyl y llawes. Yna gwthiodd heibio a rhedeg ar hyd y coridor ac allan o'r tŷ.

"Andrew ! Andrew ! Ble rwyt ti ? Rydw i'n dod !" Rhedodd i fyny'r llethr fel un o'i chof, ei breichiau'n chwifio'n wyllt, a'r dors waedlyd o hyd yn dynn yn ei llaw. Y tu ôl iddi, baglodd y dyn i'r drws, ei ddwylo'n gafael am y llanastr yng nghanol ei wyneb, ac yna disgynnodd yn araf ac yn ddiymadferth ar y rhiniog.

O bryd i'w gilydd, rhoddai waedd o boen a dicter, ond arhosodd yno'n swp o gnawd, fel anifail wedi ei glwyfo. Rhedodd Elin yn ei blaen i'r nos, yn galw ac yn galw, rhyw egni goruwchnaturiol wedi gafael ynddi, a'r dicter coch yn dal i nofio'n filain o flaen ei llygaid.

* * *

Doedd y plismyn yn Church Stretton ddim yn barod iawn i gydweithredu. Pan gyrhaeddodd Huw Edwards a'i yrrwr yng ngorsaf yr Heddlu, roedd hi'n tynnu am hanner nos, a'r Rhingyll cysglyd yn anfodlon gwneud penderfyniadau mor bwysig a chwyldroadol. Doedd e ddim yn mynd cyn belled â gwrthod galw ei Arolygydd lleol o gynhesrwydd ei gartref, ond roedd yn amlwg yn awyddus i ohirio'r fath weithred.

"*We've seen nothing really suspicious there, sir. Not really to justify taking men there . . .*"

"*It is my judgement, Sergeant, that the situation warrants immediate investigation.*" Roedd Huw Edwards yn dechrau colli ei amynedd, ac yn teimlo'n gynyddol sicr, fel y tyfai styfnigrwydd y llall, ei fod ar y trywydd cywir.

"*Take a bit of time to get the men rounded up anyhow, sir. Have to contact Shrewsbury . . .*"

Gwylltiodd Huw.

"*Sergeant ! Be so good as to contact your D.I. at once ! I will accept responsibility. You can tell him I have ordered you to do so.*"

Tawodd y Rhingyll ac estyn am y ffôn gydag ochenaid. Roedd ef erbyn hyn yn sicr mai dwli oedd y cyfan. Roedd yn edifar iawn ganddo iddo anfon unrhyw fath o neges i neb ynglŷn â Gorrige a'i berthnasau newydd. Roedd y Rhingyll wedi hen ddysgu sut i fyw cyn daweled ag y gallai, gan adael gwrhydri i fois ifainc y trefi.

Siaradodd yn oer a ffurfiol wrth ei bennaeth, gan bwysleisio ei fod yn gweithredu dan orfodaeth. Yna rhoddodd y derbynnydd i lawr yn drwm ac yn swyddogol. Edrychodd ym myw llygaid Huw.

"*The Inspector will be here shortly. sir. He asked me to ask you whether you would wish a cup of tea.*"

Gwenodd Huw'n fyr, a derbyniodd y cynnig, yna eisteddodd i lawr i ddisgwyl yr Arolygydd.

* * *

Wedi cyrraedd Tal-y-bont, arafodd car y ddau blismon, a chychwyn yn araf ac yn ofalus i fyny'r ffordd gul i gyfeiriad y mynydd.

"Mae'n nhw'n dweud rhywbeth am y busnes ar y radio . . ."

"Tro'r sŵn lan, 'te."

Gwrandawodd y ddau ar y llais didaro'n egluro nad oedd yr Heddlu wedi darganfod Merfyn Williams, nad oedd y Cabinet wedi gwneud unrhyw ddatganiad. Dywedodd hefyd fod yr Heddlu'n glòs ar sodlau'r dynladron, "ac ar hyn o bryd yn dilyn sawl trywydd . . ."

"Ma' grêt o blydi trywydd 'da ni, ta beth !" meddai'r plismon ifanc, gan wthio tamaid o frechdan i'w geg o'i becyn papur. "Rownd a rownd fel hyrdi-gyrdi . . ."

"Maen nhw 'ma. Paid becso. Rydw i'n dweud o'r cychwyn. Fan co, lan yn y mynydd, dyna ble maen nhw."

"*Hunch* 'to, iefe ? *The famous hunch* . . ."

"Pan fyddi di . . ."

" . . . wedi bod ar y job mor hir â ti . . . OK, fe gawn ni weld . . ."

"Reit. Cadw dy lygaid yn agored nawr. Gwylia am unrhyw beth yn symud." Diflannodd y gwamalrwydd a'r tynnu coes fel y daeth y car i olwg y bocs teliffon lle'r oedden nhw wedi aros o'r blaen. Arhosodd y gyrrwr, a diffodd y peiriant.

"Nawr 'te. Tyrd i ni gael golwg yn y fan yma i ddechre. Mae rhywbeth i gâl 'ma, rwy'n gwybod hynny. Mae rhywbeth i gâl."

Aeth y ddau allan, a dechrau chwilio'r bocs, y gwrychoedd, a'r llwybrau oedd yn arwain o'r groesffordd i bob cyfeiriad ar draws y mynydd.

* * *

O'r diwedd, fe ddaeth yr Arolygydd. Doedd o ddim llawer mwy awyddus i weithredu na'i Ringyll. Ar y llaw arall, gallai weld pendantrwydd Huw yn ddigon amlwg. Doedd dim modd, meddai, iddyn nhw gael criw o ddynion heb ganiatâd o Amwythig. Roedd o'n amau'n fawr a oedd ganddyn nhw ddigon o ffeithiau i berswadio Amwythig y dylid symud yn swyddogol yn erbyn y tŷ. Beth pe bai e a Huw yn mynd yno eu hunain ar ryw ffug-berwyl, a cheisio darganfod rhagor am y lle ?

"*After all, sir,*" meddai'n garedig, "*we are acting on a hunch.*"

"*OK, OK. Speed is the thing. Let's go.*"

Pan gyrhaeddodd y ddau'r stryd lle roedd tŷ Gorrige, roedd popeth yn hollol dawel. Edrychodd Huw ar ei wats—dau o'r gloch y bore. Eisteddodd yn y car ar y gornel, a cheisio meddwl yn glir. Yna fflachiodd y golau coch a ddangosai fod neges yn dod trwodd ar y radio o'r ganolfan yn Amwythig. Cododd yr Arolygydd y derbynnydd, ac yna'i basio drosodd i Huw.

"*For you. From London.*"

Gwrandawodd Huw am rai eiliadau. Yna ochneidiodd yn araf. Rhoddodd y derbynnydd yn ôl.

"*We've got a reprieve. There's nothing going to happen until tomorrow morning. So let's think.*"

Doedd Huw ddim yn siŵr o gwbl sut oedd orau i ddefnyddio'r oriau sbâr. Roedd yr Arolygydd yn iawn, wrth gwrs. Roedden nhw'n gweithredu'n gyfan gwbl ar ei fympwy ef. Roedd callineb yn dweud fod yn rhaid cael rhagor o wybodaeth. A'i gael yn gyflym. Agorodd ddrws y car.

"*OK. You stand by. I'm going to investigate.*"

Cerddodd yn bwyllog, ond yn weddol gyflym, ar hyd y palmant coediog, o'r naill lamp oren i'r llall, a'r ias o gyffro a sicrwydd yn oer ar ei gefn fel y dynesai at y tŷ.

Pennod 27

TRYCHINEB

FEL y cerddodd Huw Edwards yn nes, daeth car yn gyflym o'r cyfeiriad arall, a throi i mewn yn ddirybudd trwy'r giât ac i fyny at y tŷ. Dechreuodd Huw redeg yn ysgafn ar flaenau'i draed yng nghysgod y gwrychoedd uchel, gan deimlo'r gwaed yn cyflymu yn ei wythiennau. Cyrhaeddodd y cilbost agosaf fel yr arhosodd y car wrth y drws ffrynt, ac fel y diffoddodd y goleuadau ar drawiad.

* * *

Trodd y ferch ei llifoleuadau i ffwrdd a gyrru'n llyfn a thawel trwy'r pentref, ac yna troi heb arwydd i'r cymhlethdod o strydoedd cefn a arweiniai i'r tŷ. Gwenodd wrthi ei hun wrth basio dau blismon yn sgwrsio mewn gorsaf betrol. Yna rhewodd y wên ar ei hwyneb. A oedd rhywbeth wedi digwydd yn y tŷ ? Trap ? Ysgydwodd yr amheuaeth i ffwrdd. Roedd hi wedi blino, dyna i gyd.

Doedd dim achos fod unrhyw beth wedi digwydd. Dim achos o gwbl. Gyrrodd yn ei blaen yn ofalus, ac yna, wrth droi i mewn trwy'r giatiau mawr, cafodd gipolwg sydyn ar ddyn yn cerdded ar hyd y palmant. Dechreuodd y rhybuddion ganu yn ei hymenydd unwaith yn rhagor. Stopiodd y car, ac arhosodd am eiliad neu ddau i feddwl. Doedd dim achos pryderu.

Roedd popeth a welodd eisoes yn gwbl normal. Plismon yn cynnal sgwrs ganol nos â phlismon arall—sgwrs a mygyn a chwpaned, mae'n debyg. Dim byd o'i le yn hynny. A rhywun yn mynd am dro ar hyd y ffordd. Ar hyd eu ffordd arbennig hwy ? Ganol nos ? Na, doedd hynny ddim yn normal. Doedd pobol ddim yn cerdded ar hyd y strydoedd parchus hyn ganol nos heb achos. Ddim yn aml, beth bynnag. Agorodd ddrws y car yn gyflym, allwedd y drws ffrynt yn ei llaw, ac roedd trwy'r drws ac yn y cyntedd yn ddistaw ac effeithiol cyn bod cyfle i neb weld mwy na rhimyn-eiliad o oleuni. Galwodd yn dawel.

"*Sean* ! *Everything all right* ? *I'm back.*"

Daeth y bachgen pengoch o'r ystafell fyw ar unwaith, ei lygaid yn hanner-cau a'i anadl yn fyr. Roedd ei wallt am ben ei ddannedd. Aeth y ferch heibio iddo ac i mewn i'r ystafell. Edrychodd ar y botel a'r gwydr ar y bwrdd. Trodd ar ei sawdl yn ffyrnig.

"*Call this keeping watch* ? *I told you to keep off the bloody stuff.*"

Daeth i fyny ato, ei hwyneb o fewn ychydig fodfeddi i'w wyneb ef, a siarad yn dawel ac yn bwyllog, a gwenwyn pur ym mhwyslais pob sill.

"*You wreck this plan with your whisky and you die. Is that clear* ? *You are dispensable. We are all dispensable.*"

Trodd oddi wrtho, a gwelodd y dyn arall yn ei gwylio o'r drws.

"*And that,*" meddai, "*goes for you too.*"

* * *

A oedd gyrrwr y car wedi ei weld ? Y peth gorau oedd gweithio ar y ddamcaniaeth ei fod. Ac os oedd o wedi ei weld, ac os oedd greddf Huw Edwards yn gywir, yna doedd dim byd i'w golli wrth gerdded trwy'r giât at y drws, a chnocio. Cyn belled ag y gallai feddwl am stori gredadwy rhwng y giât a'r drws.

Wedi'r cyfan, doedd strydoedd Church Stretton ddim yn

llawn o fforddolion am hanner awr wedi dau y bore. Cystal iddo egluro ei bresenoldeb. Cerddodd trwy'r giât, a sŵn ei draed ar y gro'n atseinio yn ei glustiau fel ffrwydriadau tân gwyllt. Cyrhaeddodd y drws, ac ar ôl moment hir o ansicrwydd, cnociodd. Nid cnoc awdurdodol plismon. Cnoc ofnus rhywun ar goll yng nghanol y nos. Agorodd y drws ar unwaith. Gwelodd Huw'r gwylltineb yn llygaid y dyn ifanc a'i wynebodd. Gallai arogleuo'r wisgi ar ei anadl. Roedd y sefyllfa'n annisgwyl.

"*Yes ?*" Roedd llais y dyn yn ymosodol, anghwrtais. Osgo dyn wedi meddwi.

"*I'm sorry to bother you, but . . .*"

Ceisiodd ddweud ei stori am redeg allan o betrol gyda'r manylion credadwy angenrheidiol. Ac yna gwelodd ei gamgymeriad. Fflachiodd y darlun o flaen ei lygaid yn berffaith eglur—darlun o'r orsaf betrol yn llachar gan oleuadau lai na chanllath o'r gornel lle'r oedd y stryd yn cysylltu â'r ffordd fawr. Ond go brin mai hwn oedd gyrrwr y car. Roedd o'n rhy feddw o lawer i fod wedi gyrru'n dawel a normal fel y car a aeth at y drws o'i flaen ef.

* * *

Gwyliodd yr Arolygydd Huw'n cerdded trwy'r giât at y tŷ, ac estynnodd am ei radio. Roedd gweld y car yn troi i mewn i dŷ meudwy ganol nos wedi ei berswadio yntau. Roedd yn rhaid cael cymorth. Yna, fel pe bai wedi ei lynu i'r ddaear, gwelodd gar swyddogol yr Heddlu, gyda'i olau coch yn amlwg ar y to'n troi'r gornel i ben arall y stryd ac yn gyrru'n araf tuag at giât y tŷ. Doedd dim modd eu galw'n uniongyrchol, a doedd dim amser i gael neges iddynt trwy'r ganolfan.

"*For God's sake go past!*" meddai'n angerddol wrtho'i hun, "*for God's sake go past!*"

Yn sydyn ac yn hollol ddigamsyniol, golchodd ton o fraw a sicrwydd o ddinistr dros yr Arolygydd. Gosododd y meicroffon yn ofalus ar y sedd, a safodd yn hollol ddiymadferth wrth ddrws agored ei gar ei hun.

* * *

Roedd Huw Edwards ar ganol dweud ei stori, gan deimlo'n gynyddol nerfus, a chan geisio gweld heibio i'r creadur meddw i mewn i weddill y tŷ, pan ddechreuodd pob math o bethau ddigwydd ar unwaith. Yn sydyn, gwelodd wyneb y dyn o'i flaen yn newid. Gwelodd ei lygaid yn syllu'n orffwyll heibio iddo am eiliad, yna fe'i clywodd yn gweiddi nerth ei ben.

"*It's the fuzz ! My God, it's the fuzz . . .*"

Yna clywodd Huw, fel pe bai o bell, sŵn ergydion yn ffrwydro wrth ei ymyl. Gwelodd fflachiadau o ddryll oedd wedi ymddangos yn llaw'r dyn, ac yna caeodd y drws yn glep yn ei wyneb. Safodd am foment wedi ei barlysu, yna trodd a rhedeg nerth ei goesau, igam-ogam i lawr y dreif, ac ar ei ben trwy ddrws agored y car gwyn wrth y giât. Roedd y ddau blismon ar eu cwrcwd y tu ôl i'r car, a gwelodd Huw un ohonynt yn dal ei ysgwydd, a chlwt o waed yn dechrau staenio'r gôt las.

"*For God's sake get in, and get out of range* !" Gwaeddodd Huw arnyn nhw trwy'r ffenestr. "*What the hell's the point of sitting down there* ?"

Y pen arall i'r stryd, dadebrodd yr Arolygydd, ac estynnodd am ei feicroffon.

* * *

Y tu mewn i'r tŷ, roedd y bachgen pengoch yn ddiymadferth, ar ei gefn ar lawr, a'r dryll wedi sglefrio o'i law i ben draw'r coridor, lle'r oedd y ferch yn sefyll yn ddisymud. Edrychodd y gŵr canol oed arni, a'i lygaid yn ymbilgar.

"*I had to hit him. He was . . .*"

"*Yes. Well, that's it. Now we're on our own.*"

Aeth yn ôl i'r ystafell fyw, ac eisteddodd ar y soffa henffasiwn. Edrychodd ar ei dwylo'n crynu ac fe'i gorfododd ei hunan i eistedd i fyny'n syth a meistroli'r dychryn yn ei chalon.

. . . AR Y MYNYDD TYWYLL

DAETH Elin ati ei hun yn rhywle ar y mynydd tywyll. Doedd hi'n cofio fawr ddim am yr hyn a ddigwyddodd yn ystod yr hanner awr flaenorol. Ond gallai weld yn gyson o flaen ei llygaid y dyn hwnnw yn gafael yn ei wyneb a'r gwaed yn diferu rhwng ei fysedd. Gallai weld y llun yn goch ac yn ddu, yn mynd a dod, yn hunllef poeth yn ei phen. Arhosodd yn llonydd. Edrychodd o'i chwmpas. Doedd dim golwg o'r dynion a'u goleuadau. Caeodd y cymylau'n llwyr ar sêr a lleuad, chwaraeai'r gwynt â'r perthi eithin, a gallai Elin deimlo ambell ddiferyn o law ar ei bochau. Roedd hi'n dywyll iawn, ond o droi'n ôl, gallai weld y rhimyn golau lle roedd drws ffrynt y fferm yn dal i sefyll yn gilagored.

Roedd Andrew yno'n rhywle yn y tywyllwch. Meddyliodd Elin amdano'n baglu ei ffordd dros y mynydd mewn braw, yn oer, yn ddigymorth. Ceisiodd ymladd y dagrau'n ôl, ond mynnodd ei holl gorff ymateb i drueni'r darluniau yn ei meddwl, gan ddechrau ysgwyd ac ysgwyd mewn hyrddiau o wylo. Dechreuodd siarad yn chwyrn ac yn uchel â hi ei hun mewn ymgais i atal y don ar ôl ton o anobaith a dicter a lifai drosti.

"Does dim byd y gelli di ei wneud . . . Pa bwrpas crwydro o gwmpas fel hyn? Dos yn ôl i Dal-y-bont, chwilia am y plismyn . . ."

Ie, dyna oedd raid ei wneud . . . mynd i chwilio am y plismyn . . . Cyn gynted ag y gallai . . . Fe fyddai'r plismyn yn dod â goleuadau, a cheir, ac fe fydden nhw'n ei ffeindio ar unwaith . . .

Baglodd ei ffordd yn ôl, a'i thors yn taflu goleuni pŵl i feithder y nos, y glaw'n gyrru'n ffyrnig ar ei draws, ac yn gwlychu Elin i'r croen. Syrthiodd ar ei gliniau yn erbyn y creigiau siarp, a pharhâi i siarad yn chwyrn ac yn uchel wrthi ei hunan ar hyd yr adeg. Yna clywodd lais un o'r dynion yn hwylio'n denau tuag ati. Cipiodd y gwynt y llais yn ôl a blaen trwy'r gwlybaniaeth, ond rodd y geiriau allweddol yn ddigon eglur . . .

" . . . *a car . . . must have been hidden . . . Someone here* . . ."

Diflannodd y geiriau, a sobrodd Elin ar drawiad. Ei hunig obaith oedd y bocs teliffon. Roedd yn rhaid iddi ei gyrraedd. A'i gyrraedd yn y tywyllwch heb gymorth golau'r dors. Nid oedd ond gobeithio y byddai darganfyddiad y car yn ddigon i wneud iddyn nhw anghofio'r teliffon. Safodd yn llonydd yn y glaw, trodd i gyfeiriad y rhimyn golau lle'r oedd drws ffrynt y fferm o hyd yn gilagored, a cheisiodd leoli cyfeiriad y bocs teliffon mor gywir ag y gallai. Dechreuodd bigo'i ffordd yn ôl yn fwy gofalus ac yn fwy bwriadol, gan wthio cudynnau sop ei gwallt o'i llygaid.

* * *

Clywodd Andrew sŵn llais yn y pellter. Gallai weld y glaw'n gyrru heibio i'w guddfan, ond roedd yn weddol sych, ar wahân i un rhaeadr denau a redai o dwll crwn yn y to i lawr ei wallt a dros ei fraich dde i'r llawr. Roedd yn rhy flinedig, ac yn rhy ddiflas a syrffedus, i geisio symud o'i gyrraedd, a bu'n ei ddifyrru ei hunan yn cyfrif yr eiliadau rhwng y naill ddiferyn a ddisgynnai o gornel ei flanced i'r llawr a'r diferyn nesaf. Gwyliai'r dŵr yn cronni'n araf uwch ei benelin, yn trymhau, yn simsanu am amser maith, yna'n disgyn yn glewt i'r pwll bychan oedd yn dechrau ffurfio ar y pridd gwlyb.

Ond pan glywodd y llais yn dynesu, dechreuodd ei lusgo'i hun ymhellach ar hyd y wal, i'r gwyll pellaf lle'r oedd tryblith o ddarnau haearn, drymiau a hen duniau a photeli. Ynghanol yr annibendod, gwelodd geuddrws yn y llawr, a chyrhaeddodd am y cylch haearn rhydlyd a'i agorai. Cododd y geuddrws yn wichlyd-drafferthus, a gwthiodd ef yn ôl hyd nes y pwysai yn erbyn y wal. Yna gwrandawodd drachefn. Gallai glywed sŵn traed dau erbyn hyn, a lleisiau dau ddyn yn cerdded yn syth am ei guddfan. Edrychodd i lawr i'r twll du. Gallai weld ei fod yn rhyw fath o seler, ac er bod y lle'n hollol dywyll, roedd digon o lewyrch uwchben i ddangos mai pridd oedd y llawr, ac nad oedd yn isel iawn.

Rowliodd Andrew at yr ymyl, ac yna ei ollwng ei hun yn ofalus hyd nes yr oedd yn eistedd ar y llawr yn y tywyllwch. Gadawodd y geuddrws yn agored o fwriad, gan gredu y byddai hynny'n achosi llai o chwilfrydedd, ond ymwthiodd fesul modfedd i dduwch pellaf y seler fechan, ac eisteddodd i ddisgwyl.

* * *

Cododd y ferch oddi ar y soffa ac aeth ar hyd y coridor i'r ystafell lle roedd Merfyn o hyd yn garcharor. Tynnodd allwedd fechan o'i phoced ac agorodd ei ddrws. Roedd e, am unwaith, yn cysgu'n drwm ac yn swnllyd fel y cerddodd y ferch i mewn. Edrychodd hithau arno gydag atgasedd. Fedrai hi ddim goddef y math yma o ddyn—teidi, gofalus, cydymffurfiwr wrth natur, a rhan o'r peiriant llywodraethol yr oedd hi'n rhyfela yn ei erbyn. Ac eto . . . Wrth wylio'i ddwylo diymadferth yn gorwedd dan ei ben, a'i goesau wedi eu dyblu i fyny fel coesau baban, teimlodd ias o gydymdeimlad. Pwysodd drosto, a gafaelodd yn ei ysgwydd a'i ysgwyd. Agorodd yntau ei lygaid. Roedd yn effro ar unwaith. Cododd ar ei eistedd.

"Wel, beth sy'n bod ?" Roedd wedi gwneud ati o'r cychwyn i siarad Cymraeg â hi, fel pe bai hynny, mewn rhyw fodd, yn ei gosod dan anfantais. Ond atebai hithau'n ddi-ffael yn ei Chymraeg academaidd, cwmpasog, cywir.

"Mae gennyf i fater i'w drafod gyda chi, Mr. Williams."

"O'r gorau, mlaen â chi 'te, i mi gael rhywfaint o gwsg." Roedd Merfyn wedi penderfynu erbyn hyn ei fod yn amlwg yn fwy o fudd i'r dynladron yn fyw nag yn farw, ac roedd wedi peidio ag ofni. Yr unig beth a'i poenai'n barhaus bellach oedd amharodrwydd llwyr y ferch i ddweud unrhyw newyddion wrtho am Andrew. Roedd ffawd Andrew, a phob math o ddychmygion ynglŷn â'i hynt a'i helynt, yn cylchu'n wyllt yn ei feddwl, yn hunllef-gyfres ddiddiwedd, nos a dydd.

"Mae rhywbeth wedi digwydd y dylech chwi gael gwybod amdano. Mae ein sefyllfa ni yma wedi newid ychydig ac mae'n angenrheidiol i ni i gyd fod yn ofalus iawn."

"Beth 'te ? Beth sydd wedi digwydd ?"

Trodd i ffwrdd oddi wrtho, ac edrych ar dudalennau agored y dyddiadur yr oedd Merfyn yn mynnu ei ysgrifennu.

"Mae'r Heddlu'n gwybod ein bod ni yma. Maent eisoes wedi amgylchynu'r tŷ, fe fyddwn i'n tybio."

Pennod 29

LLYGODEN FAWR

CLYWODD Andrew sŵn traed yn dynesu at ddrws y caban uwch ei ben, yna gwelodd lewyrch y lampau'n chwarae ar gornel y wal dyllog. Yn y golau symudol, gallai weld y tyfiant gwyrdd ar gerrig noeth y wal a'r tameidiau truan o hen blastar oedd yn dal i grogi yno yma ac acw, fel ynysoedd o'r gorffennol hwnnw pryd yr oedd y lle'n gynnes ac yn sych ac yn adnabod bodau dynol.

"*What would he be doing here* ?"

"*He's got to rest some time.*"

"*I reckon he's out there somewhere, poor little bastard* . . ."

Cerddodd y ddau o gwmpas uwch ei ben, ac yna cerddodd un at y geuddrws agored, a rhoi edrychiad difater i'r tywyllwch. Chwifiodd ei lamp o gwmpas am foment y pen arall i'r seler, islaw'r agoriad, yna ciciodd y geuddrws ynghau gyda rheg. Ar drawiad, diflannodd llewyrch y lampau. Aeth y lleisiau'n fud. Roedd Andrew ar ei ben ei hun yn y nos. Teimlai'n ddychrynllyd o unig. Yna, a'i lygaid yn ceisio addasu i'r düwch sydyn, gwelodd ddau lygaid arall yn syllu arno wrth ymyl y wal bellaf. Teimlodd sgrech anferth yn cychwyn yn ei ymysgaroedd, ac yn ei gwthio'i hun i fyny ei gorff, yn gyfog yn ei gorn gwddw. Mynnodd ei thagu.

"Na," meddai'n chwyrn wrtho'i hun. "Na, cau dy geg, cau dy geg, cau dy geg . . ."

Caeodd ei ddyrnau'n dynn, brathodd yn ffyrnig ar ei wefus, a glynodd ei lygaid ar y ddau lygad arall oedd yn dal i edrych arno'n oer ac yn ddadansoddol. Yna, trodd y llygaid i ffwrdd, a gwibiodd y llygoden fawr ar draws y guddfan ac o'r golwg trwy grac yn y wal.

Gollyngodd Andrew gaethiwed ei anadl ac fel y teimlai y rhyddhad, teimlai ar yr un pryd yr oerni gwlyb yn ymosod arno. A allai fentro symud ? Oedd y ddau wedi mynd ? Ymlusgodd ar hyd y llawr pridd nes pwysai yn erbyn cornel ei gell hirsgwar, yn union o dan y geuddrws. Llonyddodd a gwrando. Doedd dim sŵn o gwbl i'w glywed ond sŵn y glaw'n bwrw'n erbyn y to sinc ymhell uwchben, a sŵn rhyw ddarn rhydd o'r to unwaith yn rhagor yn cael ei chwipio'n ôl a blaen gan y gwynt mewn rhithm caled, rheolaidd. Cododd ar un ben-glin, gan adael y goes arall i orwedd yn llipa y tu ôl iddo, a gwthiodd yn ofalus yn erbyn y geuddrws. Dim symudiad.

Gwthiodd yn gryfach. Doedd y drws ddim yn symud o gwbl. Mewn panig, drymiodd ei ddau ddwrn yn ei erbyn, a gweiddi nerth ei ben. Roedd unrhyw beth yn well na chael ei gau mewn twll dan y ddaear gyda'r llygoden fawr yn gwmni . . .

"Help . . ."

Arhosodd y geuddrws ynghau. Ac fel y distawodd yr adleisiau o gorneli ei gell, nid oedd un dim i'w glywed ond sŵn parhaus y glaw, a'r taro, taro, taro rywle ym mhellafoedd y to.

* * *

Cyrhaeddodd Elin y bocs teliffon o'r diwedd, ond yr oedd wedi magu cyfrwystra erbyn hyn, ac nid aeth i mewn ar unwaith. Cuddiodd yn y gwrych wrth ochr y ffordd am funudau hirion, a gwylio a gwrando. Doedd dim rhagor o ymddwyn anghall i fod. Os oedd rhywun yno'n aros amdani, yna roedd hi am ddarganfod hynny a'i drechu. Wrth wyro ar ei chwrcwd yn y gwrych, a'r gwlybaniaeth yn diferu ar wallt a choes a braich, rhyfeddodd Elin, mewn fflach o weledigaeth golau, at yr hyn oedd wedi digwydd iddi o fewn diwrnod byr. Roedd hi'n wlyb diferol ; roedd ei dwylo a'i choesau'n sgriffiadau byw ; roedd hi'n fwd a gwaed drosti, ac roedd ei dillad cysetlyd yn garpiau. Ond doedd dim rhithyn a wahaniaeth ganddi am unrhyw un o'r pethau hyn.

Yr unig deimlad a'i meddiannai oedd y ffyrnigrwydd cyntefig a fud-losgai y tu mewn iddi. Gwyddai y gallai ladd er mwyn Andrew. Pe bai angen gwneud hynny er mwyn achub ei mab, gallai ymateb yn hollol reddfol, heb feddwl ddwywaith. Ond doedd neb yno. Er mwyn gwneud yn sicr, a heb unrhyw ymdeimlad o wrthuni'r peth, cydiodd mewn carreg yn y pridd wrth ei thraed a'i thaflu ar draws y llwybr agored ac yn erbyn y bocs teliffon. Doedd dim ymateb. Roedd y glaw'n pistyllio i lawr ar fyd gwag. O'r diwedd, cododd Elin o'r gwrych, a rhedodd i mewn i'r bocs. Edrychodd allan yn fygythiol ar y tywyllwch cêl o'i chell olau, ddadlennol, a deialodd 999 yn bendant, fwriadol . . .

"Polîs, os gwelwch chi'n dda, polîs . . ."

* * *

Roedd criw bychan wedi casglu o gwmpas y stryd dawel yn Church Stretton ar unwaith, gyda'r ymwybod cyfriniol sy'n perthyn i unrhyw sefyllfa anghyffredin. Roedd pedwar car coch a gwyn wedi cyrraedd y stryd, a'r plismyn wrthi'n brysur ac yn ddiffwdan yn gosod bariau ar draws y naill ben a'r llall. Ac yna, daeth ambiwlans swnllyd o'r pellter, ac aros wrth un o'r bariau. Cerddodd y plismon a saethwyd o'i gar, a hances wen wedi ei gwthio i ysgwydd ei gôt i geisio atal y gwaedu.

Eisteddai Huw Edwards yn sedd flaen y car, yn siarad yn brysur ac yn gryno. Roedd pawb yngholl yn eu swyddogaethau. Doedd dim arlliw o deimlad, naill ai o fuddugoliaeth nac o ddicter nac o gydymdeimlad, ar wyneb neb. Fel bob amser, yng nghanol yr helynt roedd pethau'n llawer llai cynhyrfus nag yr oeddent i ymddangos ymhen rhai oriau ar sgrinau teledu'r byd. Ond roedd cylchoedd daeargrynaidd yr un ergyd yn y nos yn dechrau lledaenu. Deffrôdd Prif Gwnstabl Heddlu Salop i sŵn y teliffon, a phan glywodd y neges, diflannodd pob cysgadrwydd ar unwaith. Yr oedd wedi cydio yn ei grys cyn gosod y derbynnydd i lawr. Yn Llundain roedd pob math o bobl yn cael eu styrbio yng nghanol yr ychydig oriau o gwsg sy'n bosibl i wleidyddion ac arweinyddion.

Ac o bob rhan o'r deyrnas, roedd newyddiadurwyr a dynion camera, a dynion sain mewn ceir llawn o geriach teledol, eisoes yn gyrru'n gyflym trwy'r nos ar hyd ffyrdd a thraffyrdd i gyfeiriad Church Stretton. Cyn hir fe fyddai'r pentref yn berwi o straeon a ffug-straeon, ac yn llawn o ddilynwyr proffesiynol trais a dioddefaint.

Pennod 30

HUNLLEF

Y TU mewn i'r tŷ, roedd popeth yn hollol dawel. Edrychodd y ferch a Merfyn Williams ar ei gilydd am hir. Yna cododd Merfyn o'i wely, a chyrraedd yn swta am ei drowsus. Roedd yntau wedi hen anghofio lledneisrwydd arferol y confensiynau. Dechreuodd wisgo'n gyflym, fel pe bai am fynd i rywle. Edrychai'r ferch arno'n ddirmygus.

"Dyw hyn ddim yn gwneud unrhyw wahaniaeth, Mr. Williams. Yma'r ydym ni, ac yma y byddwn ni'n aros."

"Cystal i chi roi i fyny ar unwaith," meddai Merfyn, gan glymu ei dei. Roedd hi'n bwysig rywsut ei fod wedi gorffen gwisgo cyn bod unrhyw beth arall yn digwydd. Ni wyddai'n iawn pam, ond fe wyddai fod hynny'n deimlad llywodraethol, di-droi'n-ôl, yn ei yrru ymlaen gyda manylion ei wisg. Edrychodd ar y ferch dros ei ysgwydd yn y drych wrth osod ei dei yn daclus. Roedd hi wedi troi oddi wrtho, ac wedi mynd i chwarae ag un o'r bolltau a ddaliai'r caeadau pren henffasiwn dros y ffenestri. Fel plentyn mewn sbel o ddiflastod yn byseddu ei deganau'n ddifater. Sylwodd arni fel merch am y tro cyntaf, a gwelodd ei bod yn ifanc iawn, yn llawer ieuengach nag yr oedd wedi meddwl hyd yn hyn. Edrychodd ar fywiogrwydd llyfn ei gwallt ac ar osgo flinedig ei hysgwyddau. Ond roedd ei llais, pan ddaeth, yn galed. Doedd e ddim yn perthyn o gwbl i'r corff eiddil, hawdd ei niweidio, a welai yn y drych.

"Fydd dim cwestiwn o roi i fyny. Rydych chi yn ein dwylo ni. Does dim wedi newid. Fe fyddwn ni'n gosod ein hamodau, ac fe fydd raid i'ch Llywodraeth chi—eu derbyn."

Trodd Merfyn i edrych arni. Roedd hi'n sefyll yn hollol lonydd wrth ymyl y ffenestr. Aeth ati. Ond ni symudodd.

"Fe wyddoch chi nad ydy hynny ddim yn wir. Fedar y Cabinet ddim derbyn eich amodau chi. Mae'n rhaid eich bod chi'n gwybod hynny. Os nad ydych chi'n gwybod, mae'ch meistri chi'n gwybod. Beth ydach chi'n geisio'i gael ? Esgus i'm lladd i ?"

Trodd arno ar unwaith. Roedd ei llygaid yn fflachio.

"Dim o gwbl ! Nonsens ! Nid beth sy'n digwydd i chi sy'n bwysig. Dyw hi ddim gwahaniaeth yn y byd beth sy'n digwydd i chi—roeddwn i'n meddwl y byddech chi'n deall hynny erbyn hyn."

"Beth sydd arnoch chi isio, 'ta ? Beth allwch chi 'i ennill ?"

"Rydyn ni am i chi ryddhau'r milwyr Gwyddelig sydd yn eich dwylo chi ar hyn o bryd. Maen' nhw'n garcharorion rhyfel, rydych chi'n garcharor rhyfel. Maen nhw'n bwysig i ni, rydych chi'n bwysig iddyn nhw . . ."

"Dyna lle rydach chi'n anghywir."

Torrodd Merfyn ar ei thraws yn dawel ond yn hollol bendant. Rhywsut roedd y sgwrs wedi troi'n seiat. Roedd y ddau'n wynebu ei gilydd yn agored, yn siarad, nid fel carcharor a charcharwr, ond fel dau fod dynol mewn sefyllfa enbydus.

"Anghywir ? Pam ? Mae carcharorion rhyfel wedi cael eu cyfnewid cyn hyn . . ."

"Carcharorion rhyfel ! Pe baech chi'n cael gwared â'ch sloganau a defnyddio termau real . . ."

Roedd hi'n wenfflam. "Nid sloganau mo'r geiriau yna, Mistar Williams. Milwyr Gwyddelig ydyn nhw. Carcharorion rhyfel ydyn nhw."

"Nid fel yna mae'r Cabinet yn edrych arni hi . . ."

"Dyw hi ddim gwahaniaeth i mi . . ."

"Ydy, mae hi o wahaniaeth mawr i chi. A phe baech chi'n llai dibrofiad a ffroenuchel, fe welech chi hynny. Rydych chi'n dibynnu ar ymateb gan y Cabinet sy'n gofyn peth cytundeb â'ch dull chi o ddarllen y sefyllfa. Chewch chi byth y fath ymateb."

Tawelodd y ferch, ac edrych arno o'r newydd.

"Beth wnân nhw ?"

"Dim. Dim yw dim."

"Fe fydd hynny'n ein gorfodi ni i weithredu . . ."

"O na. Dim o gwbl. Mae'r dewis ganddoch chi. Fe ellwch chi ein rhyddhau ni unrhyw bryd, a rhoi terfyn ar y peth. Does neb yn eich gorfodi chi. Does neb yn eich gorfodi chi i ffrwydro bomiau ac i ladd pobol ddiniwed . . ."

"Nid fel yna y mae hi."

"Wrth gwrs mai fel yna y mae hi."

"Dydyn ni ddim yn lladd heb achos. Mae lladd yn digwydd, ond mae e'n angenrheidiol . . ."

"Wnaiff y Cabinet ddim byd."

Tawelodd ychydig unwaith yn rhagor.

"Os felly, fe fydd yn rhaid i ni ddangos iddyn nhw ein bod ni o ddifrif . . ."

"Nid dyna'r pwynt. Yn y pen draw, dydy gwladwriaeth ddim am newid polisi er mwyn achub croen un dyn, hyd yn oed os ydy o'n digwydd bod dros dro yn un o Weinidogion y Goron. Os bydd raid i mi farw, felly y bydd hi. Ond wnân nhw ddim rhyddhau eich llofruddion chi, beth bynnag wnewch chi."

Safodd y ferch wrth y drws am eiliad. Yna fe'i hagorodd â'i hallwedd a cherdded allan i'r coridor heb ragor o eiriau. Gallai Merfyn deimlo'r tyndra ingol ymhob cyhyr o'i chorff.

* * *

Safai Huw Edwards yn ôl gan syllu ar y tŷ. Pwysodd ei yrrwr trwy ffenestr eu car.

"Mae'n well i chi ddod i mewn, syr. Rydach chi braidd yn amlwg allan yn fan'na."

"Joe bach !" chwarddodd Huw. "Dydyn nhw ddim am eistedd yn y ffenestri'n disgwyl siawns i gymryd shot at bwy bynnag sy'n codi ei ben dros y gwrych. Mi fydd hi'n dawel i mewn yna am dipyn rŵan, synnwn i ddim."

Ceisiodd Huw Edwards ddeall cyflwr meddyliol pwy bynnag oedd y tu mewn i'r tŷ. Fe fydden nhw'n awr yn paratoi am ddyddiau o aros, neu am frwydr fer, gyflym. Hoffai wybod i ba raddau y gallen nhw ddibynnu fod rhyw fath o resymeg yn rheoli'r dynladron, mai moment o banig trychinebus oedd y saethu gynnau ; nad oedd o ddim yn arwydd fod gorffwylledd, awch am waed a dial, yn gorwedd y tu ôl i'r cyfan. Os felly roedd hi, yna roedd bywydau pawb mewn perygl. Daeth car trwy'r bar ar un pen i'r stryd ; car preifat, isel, Aston Martin, a gyrru o fewn llathen iddo, ac yna aros yn ei unfan yn llyfn ac yn bwerus, fel anifail ysblennydd dan lywodraeth lwyr. Dringodd gŵr ifanc allan a cherdded i gyfeiriad Huw.

"*Martin Freeman. Well done. Well done. How on earth did you smell them out, old man* ?"

Disgrifiodd Huw'r cyfuniad o ddamwain a mympwy a siawns a'i harweiniodd i'r tŷ yn Church Stretton. Yna arwyddodd Freeman arno i'w ddilyn i ben draw'r stryd.

"*Let's get out of here for a moment. There are things to discuss. We have to sort out where we go from here.*"

* * *

Ar y mynydd, cerddodd Elin allan o'r bocs teliffon yn ôl i'r glaw a'r gwynt, ac eisteddodd yn swpyn ar garreg lwyd gerllaw i ddisgwyl y plismyn. Roedd ymdrechion a hunllef y nos bron ar ben.

Pennod 31

AWELON YR HYDREF

Roedd y wawr yn torri pan gafodd Huw Edwards y neges ar y ffôn o Ddolgellau. Safai yn y ffordd, gan edrych i gyfeiriad y Long Mynd, a chan ymgolli'n gysglyd yn y newid araf yn llwydni'r awyr y tu ôl. Roedd gwynt y nos wedi gostegu, a'r bore'n dawel, llawn trymder yr hydref. Roedd Martin Freeman wedi mynd i bencadlys yr Heddlu yn Amwythig i siarad yn gyfrinachol â'i feistri yn Llundain. Ar ddeupen y stryd, roedd twr bychan o bobl bellach yn sefyll yn llonydd, ambell un yn cyfnewid gair ysbeidiol ag ambell un arall, rhywun yn pwyo'r ddaear i gadw'n gynnes. Roedd y cyfeillgarwch dros dro sy'n tyfu mewn unrhyw dorf, y parodrwydd i sgwrsio'n hael a jocôs â'ch cymydog, yn lledaenu'n araf trwy'r criw. Roeddynt yn debyg i dyrfa mewn cae rygbi, yn disgwyl i'r gêm ddechrau, yn chwilio am fân ddifyrion i'w cadw'n ddiddig wrth ddisgwyl am yr ornest fawr.

Yna, fe ddaeth rhywbeth i'w difyrru. Cyrhaeddodd tîm teledu, a gwthio eu ffordd drwodd at y rhwystr pren du a gwyn, lle safai plismon ifanc yn rhannu ei ddiffyg gwybodaeth â'r dorf. Cawsant fynd trwodd ar unwaith, i gyfeiliant o gega a phryfocio a chwyno,—y dyn camera, uchelwr y byd teledol, yn cario ei het ; ei gonorthwywr yn halio camera a thuniau o ffilmiau ; y dyn sain, hefo'i bac technegol yntau. Ac yna, y tu ôl iddynt, y cynhyrchydd, a'i boendod gwaglaw, a'i gynorthwywr llawn ffeiliau a phapurach. Daeth y cyfan, yn jeans ac yn denim glas ac oren a phiws, i gyfeiriad Huw Edwards. Chwifiodd y cynhyrchydd ei law. Criw o Gymru oedden nhw. Roedd Huw wedi cyfarfod y cynhyrchydd yn rhywle o'r blaen. Doedd o ddim yn cofio ymhle.

"Inspector ! Bore da. Llongyfarchiadau. Olreit i gymryd shots ? A darn bach i'r camera o flaen y giât. Olreit ?"

Eglurodd Huw nad oedd o ddim yn gyfrifol, a phwyntiodd at yr Arolygydd mewn iwnifform, wrthi'n traethu'n flinedig wrth ohebydd papur newydd ychydig lathenni i ffwrdd. Sylweddolodd Huw Edwards fod y stryd yn llawn pobl. Erbyn hyn, roedd ambiwlans arall wedi cyrraedd y pen draw, a chriw teledu newydd o Lundain. Ac yna daeth dau blismon gydag wrn mawr o goffi, gosod yr wrn ar lawr yn glewt, a gwahodd pawb i gymryd cwpan bapur pob un. Fel ar achlysuron eraill tebyg, teimlai Huw Edwards afreolaeth dychrynllyd y cyfan. Roedd y digwyddiad canolog a achosai'r holl gynnwrf wedi mynd yn gymharol ddibwys. Prysurdeb oedd yn bwysig. Cadw'r gwasanaethau angenrheidiol i fynd. Yn ystod y dydd, fel yr âi'r bore yn ei flaen, fe fyddai trigolion yr ardal yn galw heibio, dynion yn cymryd tro oddi ar eu llwybr arferol ar eu ffordd i'r gwaith, er mwyn cael dweud wrth bobl llai ffodus yn eu swyddfa eu bod nhw wedi gweld y lle. Gwragedd tŷ wedyn, â'u bagiau a'u basgedi siopa, yn picio draw yng nghanol gorchwylion y bore. A phlant ysgol yn ystod yr awr ginio. Fyddai dim pall ar y diddordeb.

Doedd dim rhaid i unrhyw beth ddigwydd bellach. Roedd aroglau trychineb yn ddigon i gadw greddf chwilfrydedd yn fyw. Ochneidiodd Huw, a throdd i gyfeiriad y tŷ. Yno, roedd popeth yn dawel. Fel yr oedd cyn yr ergyd. Fel y bu ddoe, ac echdoe, a'r diwrnod cynt. Yn dawel fel y bedd. Yr allanolion oedd wedi newid. Y wybodaeth yn y benglog wedi creu stryd llawn pobl ar drawiad. Ac yna galwodd y gyrrwr o'r car.

"Neges i chi, syr. O Ddolgellau."

Aeth at y ffôn yn y car. Gwrandawodd am hir.

"Pawb wedi cael gwybod ? Llundain ? Caernarfon ? Reit. Arhoswch am funud . . ."

Rhoddodd ei law ar y derbynnydd, a galwodd y gyrrwr ato.

"Edrychwch ar y *schedules* yn fy mag i yn y tu ôl. Ble mae'r *Chief* heddiw ? Ydy o ar gael ?"

Popeth yn digwydd ar unwaith. Torri trwodd mewn un lle, torri trwodd mewn lle arall wedyn. A dim digon o ddynion. Byth ddigon o ddynion.

"Ydy, syr. Roedd o adra neithiwr, ond mae o'n mynd i Lundain heddiw . . ."

"Reit." Siaradodd yng ngheg y ffôn unwaith yn rhagor " . . . mae'n rhaid i mi siarad â'r *Chief* . . . wnewch chi gael gafael arno fo ar unwaith, os gwelwch chi'n dda . . . ia, rhoi tonc yn ôl . . . iawn . . . iawn . . ."

Roedd y dynion teledu wedi gosod eu geriach i fyny, a'u gohebydd yn cerdded o gwmpas yn ymarfer ei bwt i'r camera.

Cerddodd yr Arolygydd at Huw, gan weld y cynnwrf yn ei wyneb.

"*More news ?*"

"*They think they've found where the boy is. Just waiting for the order to move in.*"

*   *   *

Gwrandawodd y Prif Weinidog yn dawel, heb ddweud fawr ddim, yna rhoddodd y ffôn i lawr. Cododd yn drwsgwl ar ei draed, a cherdded yn anystwyth ar draws yr ystafell fawr at y ffenestr. Roedd hi'n dechrau gwawrio, gallai weld ffurfiau duon y dail crin yn erbyn yr awyr, ar y coed agosaf wrth ymyl y parc. Doedd o ddim yn hoffi'r hydref. Fel yr heneiddiai, fel y collai'r awydd i fod o gwmpas ei bethau'n gorfforol, i gerdded y bryniau'n frasgamog ac yn gyflym yn y gwynt, gan drafod a chynllunio'r un pryd, roedd yr hydref, bob tro y deuai, yn ei atgoffa'n fwy pendant am fyrder einioes dyn. Prif Weinidog. Roedd o wedi cyrraedd. Roedd yr holl gynllunio wedi talu'r ffordd. Roedd pŵer ganddo. Ac eto . . . Doedd o'n ddim amgen na hen ŵr yn edrych allan i'r parc ar y wawr yn torri dros y ddinas, yn effro ond yn derfynol flinedig.

Sylweddolodd, nid am y tro cyntaf, mai bychan iawn yw galluoedd unrhyw ddyn. Teimlodd hefyd ei fod yn byw'n gynyddol mewn byd nad oedd yn ei ddeall. Câi ei demtio ambell waith i feddwl fod gwareiddiad wedi llamu'n ôl i dywyllwch anneall a gwylltineb anwar. Ond wedyn, wrth edrych o gwmpas y wynebau difrif, desant, blinedig yng nghyfarfodydd ei Gabinet, gwyddai nad oedd hyn yn wir ychwaith. Roedd mwy o wir ewyllys da rownd bwrdd ei Gabinet ef, doedd bosibl, nag a geid pan oedd marchogion a barwniaid yn ymladd am ffafr y brenin, yn y cyfnod pan oedd y ddinas hon yn fechan ac yn syml ac yn gymdeithas. Roedd rhyw beiriant ofnadwy yn eu gyrru i gyd, dyna'r felltith ; roedd anghenfil trefnyddol y byd a'i bethau wedi tyfu'n fwy o lawer nag unrhyw bŵer dynol.

Dechreuodd feddwl am Merfyn Williams. Bachgen digon dymunol. Llawn bwriadau da. Ond hwyrach y byddai'n rhaid ei aberthu. Roedd e'n cytuno erbyn hyn â'r rhai hynny o'i gyd-weithwyr oedd wedi dadlau'n fwyaf ffyrnig yn erbyn dod i unrhyw delerau o gwbl â'r IRA. Roedd yn rhaid sefyll. Roedd popeth yn llithro o'u gafael—yr economi, trefn cymdeithas, arferion anrhydeddus ; roedd yn rhaid sefyll. Trodd yn ôl at y bwrdd hirgrwn gydag ochenaid.

Pa mor bwysig oedd unigolion, wedi'r cyfan ? Ac yn sicr, doedd un o Weinidogion y Goron, yn y dyddiau rhyfedd hyn, ddim mymryn mwy gwerthfawr i'r gymdeithas na channoedd o bobl eraill. Dechreuodd dacluso ei bapurau, ac edrych dros agenda'r cyfarfod. Teimlai mai fel hyn y byddai'r Cabinet cyfan yn penderfynu, ond iddo ddefnyddio'i holl adnoddau i'w perswadio.

Pennod 32

DAU GAR YN Y NOS

"*Get to hell out of it* !"

Rhedodd yr olaf o'r dynion i mewn i'r fferm, a gwaeddodd dros ei ysgwydd ar y gweddill, gan gasglu pethau at ei gilydd ar y bwrdd.

"*She's phoned the fuzz. Let's go.*"

Edrychodd y gweddill arno'n amheus. Dechreuodd un ddadlau.

"*Well, let's get her. She can't be far . . .*"

Gafaelodd y llall yn ei dei a'i halio ato. Siaradodd yn wenwynig yn ei wyneb.

"*Did you hear what I said ? What the bloody hell's the use of getting her ? Save ourselves, mate, save ourselves ! We were paid to get the boy, that's all. Now they're on to us. Let's get out. Right ? Out* !"

Dechreuodd pawb gasglu dillad, recordiwr tâp, mân betheuach, a chychwyn am y drws. Ddywedodd neb yr un gair ymhellach.

Sgrialodd y car allan o'i guddfan y tu ôl i'r ffermdy, ac aros yn ddiamynedd o flaen y drws. Lleisiodd y dadleuwr un amheuaeth arall cyn cael ei wthio i mewn i gefn y car, yr amheuaeth a lechai yn rhywle ym meddyliau pob un o'r criw.

"*What about the boy ? The boy's out there . . .*"

"*Bugger the boy . . . Let the fuzz find him. And that's all they'll find.*"

Caeodd y drws ar wacter y fferm. Rhuodd y car dros yr iard a hyrddio ar hyd cefnen greigiog y ffordd drol.

* * *

Roedd y ddau blismon ar ochr y ffordd ger pentref Glandyfi pan ddaeth neges unwaith yn rhagor o'r ganolfan. Yr ieuengaf o'r ddau a gododd y derbynnydd, gan osod ei fflasg o goffi'n ofalus ar y lintar o'i flaen, a gosod y *Daily Mirror* yr un mor ofalus yn ei boced. Gwrandawodd am funud, yna ysgydwodd ei bartner, oedd yn hepian yn swnllyd yn y gornel.

"Hei, tyrd, *Sleeping Beauty. Back on the job*, bachan."

"Y ? Beth ? Beth sy'n bod nawr 'te ?"

"*Guess what*, yntefe ? *Back to square one*, fel arfer. Mae'r fenyw wedi ffonio o'r bocs. Mae hi'n gwybod ble maen nhw, medde hi. Mae isie i ni fynd i weld . . ."

"O Dduw mawr! . . . chwarae plant yw peth fel hyn . . ." Fe'i hysgydwodd y llall ei hunan yn effro, a gosod ei gap yn syth am ei ben. Cychwynnodd y peiriant ar y trawiad cyntaf, yn llyfn a didrafferth. Cododd sbîd rownd y gornel gyntaf, a gallai deimlo'r pŵer dan ei ddwylo'n agor allan yn ystwyth ar hyd y ffordd syth a arweiniai i gyfeiriad troadau Eglwysfach.

* * *

Clywodd a gwelodd Elin y car yn dod o bell. Roedd y goleuadau'n cribo'r awyr yn herciog a sbonclyd fel chwilolau'n ceisio dal un awyren grwydr yn anialwch y nos. Edrychodd o'i chwmpas yn wyllt am ffordd i'w atal. Roedd yn benderfynol nad oedd e ddim am ddianc. Yna gwelodd y cerrig mawr crynion yn bochio allan o lwch a phridd llac y wal ar draws y ffordd. Rhedodd yno, a dechreuodd ymbalfalu yn y wal â'i bysedd, gan rwygo'i hewinedd. Haliodd garreg fawr yn rhydd, a'i phowlio i lawr y goriwaered. Arhosodd yn ei hunfan ar ganol y ffordd, yn gysgod tywyll rhyngddi a'r wal bellaf.

Yna aeth yn ôl, a rhyddhau carreg arall gyda'r un bustachu a chripio a chwalu pridd i bobman, fel ci ar drywydd cwningen. O fewn ychydig funudau, a chyn bod y car wedi dod fawr nes, yr oedd rhes o bedair carreg anferth yn rhwystr terfynol ar draws ei lwybr. Disgynnodd Elin yn chwap y tu ôl i'r gwrych wrth ymyl y bocs teliffon, a disgwyl iddo gyrraedd.

Ni wyddai beth a wnâi pan ddeuai'r car rownd y gornel ac aros o'i blaen, ond roedd dicter dwfn, coch yn rheoli ei holl weithredoedd fel na fynnai feddwl am unrhyw beth ond am ddal y dynladron, a dial arnyn nhw, nid yn unig am yr hyn a ddigwyddodd i Andrew, ond am bopeth a oedd wedi digwydd i Elin, am ei hofn a'i hanghysur, a hyd yn oed am wacter ei pherthynas hi â Merfyn.

* * *

Rhuthrodd y car ar hyd y ffordd a bu raid iddo aros unwaith yn rhagor wrth giât gaeëdig. Neidiodd un o'r dynion allan i'w hagor, ac wrth wneud hynny, edrychodd draw at y bocs teliffon ac yna trodd at y gweddill.

"*There's something on the track . . . I can't see very well . . . I'll go on and find out. . . .*"

Cerddodd ymlaen i'r llwydni, a'r car yn ei ddilyn yn araf. Yna galwodd res o regfeydd dros ei ysgwydd, wrth weld y fyddin dwt o gerrig yn gorwedd ar draws y ffordd. Rhedodd yn ôl mewn panig.

"*Get out ! Scatter ! It's a trap . . .*"

Trodd oddi ar y llwybr ac i fyny ochr y mynydd nerth ei goesau. Edrychodd y gweddill ar ei gilydd yn wyllt, yna plymiodd y cyfan allan o'r car, ac ar ei ôl i gysgod pentwr o greigiau hanner y ffordd i fyny'r ochr. Tynnodd un o'r dynion ddryll o'i boced a'i bwyntio i gyfeiriad y bocs teliffon.

"*What was it ? What did you see ?*"

"*The road's bloody blocked ! Great stones all across . . .*"

Disgynnodd distawrwydd ar y mynydd. Symudodd Elin yn ofalus yn ei chuddfan. Roedd ei choes chwith wedi mynd i gysgu odani. Chwiliodd yn reddfol yn ei phoced am sigaret, yna chwarddodd yn sarrug ac yn dawel wrthi ei hun. Pwysodd yn erbyn brigyn caled a ymwthiai, yn llawn pigau pryfoclyd, i gyhyrau ei chefn. Fe'i gorfododd ei hunan i ymlonyddu.

*   *   *

"Gobeithio y bydd y cyfan drosodd erbyn heno, ta beth. Nôl a blân, nôl a blân . . ."

"Pam fel'ny 'te ? Beth sy' mlân heno? Wejen newydd ?"

"Wi'n *respectable* nawr, achan. *Steady* ers chwe mis nawr, cofia di . . ."

"Beth 'te ?"

"Mynd lawr i'r Vetch am dreial. Ma' treialon ar gyfer y tîm amatur . . ."

"Jiw, jiw, *big stuff*, achan ! . . . Hei beth yw hwnna . . . ?"

Stopiodd y car o fewn ychydig lathenni, hanner ffordd rownd y gornel olaf cyn dringo i'r comin bychan lle safai'r bocs teliffon.

"Beth ? Beth sy'n bod ?"

Doffoddodd y peiriant, ac yna diffoddodd y golau hefyd.

"Weli di ? Ychydig tu draw i'r *booth* 'na ?"

"Car yw e ?"

"Fi'n credu taw car yw e . . . Dim gole. Wedi parco ar ben mynydd . . . Carcus nawr, machan i. Gad i mi siarad ar y radio 'na . . . Smo i'n barod am *suicide* 'to . . ."

Estynnodd am y derbynnydd ag un llaw fawr, a'i lygaid wedi eu hoelio ar y car llonydd yn y pellter.

Pennod 33

ELIN AC ANDREW

CASGLODD y fintai o blismyn ar y mynydd yn araf fel y lledaenai'r wawr yn stormus a llachar o'r môr Yn ystod oriau'r nos, roedd Elin o'r diwedd wedi rhedeg o'i chuddfan i freichiau'r plismyn, ond wedi gwrthod symud o'r fan nes byddai Andrew wedi ei achub. Eisteddai'n grynedig mewn blanced fawr yn un o geir yr Heddlu, yn yfed coffi ac yn ysmygu'n ddi-baid. Ambell dro, fe ddeuai un o'r plismyn ati i geisio cynnal sgwrs, ond anfonai Elin hwy i ffwrdd yn ffwr-bwt.

Roedd am geisio meddwl, gweld ystyron pethau. Ar y foment hon, doedd hi'n gofyn dim byd mwy na chael Andrew'n ôl yn ddiogel yn ei breichiau. Unwaith y byddai hynny wedi digwydd fe fyddai'r byd yn disgyn yn ôl i'w le. Fe fyddai'r corwynt drosodd. A Merfyn ? Lluchiodd ei sigaret allan trwy'r ffenestr agored, ac edrychodd ar y cymhlethdod lliwiau tywyll draw uwchben y môr. Rhywsut neu'i gilydd, roedd meddwl am Merfyn a'i gyflwr yn amhosibl. Roedd o'n rhy bell i ffwrdd Roedd yr hyn a ddigwyddodd iddo mor anodd ei ddirnad Yn sicr, doedd y cyfan a ddigwyddodd ddim wedi dileu'r anghysur a'r ansicrwydd a ddatblygodd bellach rhyngddi hi a Merfyn. Ond roedd wedi ysgubo ei bywyd hi yn Llundain i ebargofiant, fel mân us.

Partïon, fflyrtio, a dod â rhywun adref er mwyn lleihau'r unigrwydd. Gwelya, weithiau. Y rhes o ddynion a gerddodd i mewn ac allan o'i bywyd yn ystod y ddwy flynedd ddiwethaf. Y cyfan yn ddiystyr. A Merfyn ? Merfyn yn ddiystyr ? Taniodd sigaret arall a theimlodd don o euogrwydd. Euogrwydd am na allai deimlo unrhyw beth ynglŷn â Merfyn. Doedd ganddi hi ddim diddordeb mewn unrhyw beth ond y darn yma o fynydd, a'r bachgen oedd arno yn rhywle.

* * *

Daliodd Andrew i ymladd â'r geuddrws bob hyn a hyn. Pan welodd y llygoden fawr yn edrych arno, ac yna'n sgrafellu ei ffordd o'i gwmpas yn y tywyllwch, roedd dyfnder yr ofn yn ei galon yn anfesuradwy. Ar ôl eiliadau hirion o dyndra cyfoglyd yn ei wddf, sgrechiodd nerth ei ben, yn llac ac yn ddilywodraeth, a dychrynodd y llygoden fawr i ffwrdd. Yna disgynnodd Andrew'n ôl yn ei gornel, yn chwys i gyd, yn anadlu'n drwm, yn gwbl luddedig. Ond wedi gorffwys am funud neu ddau, dechreuodd ymosod unwaith yn rhagor ar y geuddrws, taro a tharo arno â'i ddyrnau, nes oedd y croen wedi ei grafu'n dafelli tenau ar hyd ymylon ei ddwylo. Yna disgynnodd yn ôl unwaith yn rhagor.

A fyddai unrhyw un yn llwyddo i'w ffeindio yn y fan hyn ? Hwyrach y byddai yma am byth. Am byth.

Fe fyddai'n marw o newyn yn raddol fach, fach.

A fyddai'r busnes yn boenus ddychrynllyd ? Sut beth oedd marw o newyn ? Cofiodd am stori'r ferch yn y goeden. Fe fu honno ym monyn y goeden farw ers blynyddoedd, medden nhw, heb fod neb yn dod ar ei thraws. Roedd hi'n sgerbwd erbyn iddyn nhw ei ffeindio, a'i gwisg briodas yn crogi'n garpiau amdani. A fyddai hynny'n digwydd iddo fo ? Hwyrach y byddai'n araf yn mynd yn wannach ac yn wannach, ac o'r diwedd yn methu symud o gwbl . . . Yna taflodd y cysgodion duon ymaith a dechrau curo ar y geuddrws unwaith yn rhagor, curo a gweiddi yn erbyn y nos . . .

* * *

Disgwyliodd y plismyn yn rhynllyd am olau dydd. Roedd Arolygydd o Aberystwyth wedi eu lleoli'n ofalus mewn cylch eang o gwmpas y car gwag, a'i ddrysau'n dal i grogi'n ddisgwylgar agored. Roedd y ddau blismon a eisteddai'n amyneddgar wrth ymyl y bocs teliffon, â'u llygaid o hyd ar y car, yn dal drylliau'n llac yn eu dwylo. Y tu ôl iddynt, roedd arbenigwr mewn ffrwydron wedi cyrraedd. Yntau'n eistedd yno gyda'i fag, fel plymar neu ddyn-trwsio-peiriant-golchi, hefyd yn disgwyl am olau dydd.

O'r diwedd, cydiodd yr Arolygydd yn ei gorn-siarad, a cherdded lathen neu ddwy i gyfeiriad y car gwag . . . Siaradodd yn dawel ac yn bwrpasol, gan sôn am yr amhosibilrwydd o ddianc, am benderfyniad y plismyn i'w dal, am eu gwybodaeth nad oedd y bachgen bellach yn eu meddiant . . . Atseiniodd y geiriau'n annaearol, iasol, o graig i graig, dros wacter y mynydd.

Roedd y distawrwydd a ddilynodd y sŵn yr un mor annaearol. Yn llawn disgwyl. Yna trodd yr Arolygydd at y dyn bomiau y tu ôl iddo.

"*Well, the car first, then, if you don't mind.*"

Aeth yr arbenigwr at y car a dechrau prowlan o gwmpas i chwilio am arwyddion arferol bom-car. Galwodd yr Arolygydd ar Ringyll a eisteddai gerllaw, yn lluchio cerrig mân at y wal.

"Ydy'r ddynas yn ffit i ddod hefo chi i'r fferm, unwaith y byddwn ni wedi cael *clearance* gan y dyn boms 'ma ?"

"Fe â i i ofyn iddi shwd ma hi'n teimlo, syr." Roedd ymateb Elin yn ffyrnig pan ofynnwyd iddi ddangos y fferm i'r plismyn.

"Beth ydy pwrpas hynny, 'te ? Dydy Andrew ddim yn y fferm. Dydach chi'n gwybod hynny'n iawn. Pam na wnewch chi fynd i chwilio am Andrew ? Pa bwrpas mynd . . ."

Aeth y Rhingyll yn ôl at ei feistr.

"Mae hi'n cwyno nad ŷn ni ddim yn chwilio am y mab, syr. Mae hi eisie gwybod beth yw pwrpas mynd i'r fferm."

"Does dim pwrpas chwilio am yr hogyn nes daw'r cŵn," meddai'r Arolygydd yn swta, "dim pwrpas o gwbl. A hyd yn oed wedyn, mae'r lle 'ma fel anialwch. Duw a ŵyr faint o amser gymerith hi i ni ffeindio neb, fe na neb arall . . ."

* * *

Cafodd yr Arolygydd ei *clearance*. Doedd dim yn y car ond hen anorac fudr a llyfr ditectif. Gyrrodd y plismyn o Aberystwyth heibio iddo gydag Elin yn y cefn, a draw ar hyd y ffyrdd troellog i'r fferm. Ceisiodd yr hynaf o'r ddau blismon ei chysuro.

"Mae'n well i ni ddechre o'r fferm, ta beth, Mrs. Williams. O'r fan honno bydd y cŵn yn cael y *scent*, chi'n deall. *Scent* y bachgen a'r bois eraill 'ma 'ntefe . . ."

Eisteddodd Elin yn fud a llonydd, heb gynnig unrhyw ateb.

Wedi cyrraedd yr iard, edrychodd y ddau blismon o'u cwmpas ; gwthiodd y bachgen ifanc yn erbyn y drws ffrynt, a'i gael ar agor. Aeth y llall i browlan o gwmpas y beudai. Ond ni allai Elin wneud dim ond syllu'n sobor ar lwydni'r mynydd a meddwl, gydag ias ofnadwy o ofn a blas dinistr, am Andrew.

Pennod 34

Y GWRTHOD

CURODD y Prif Weinidog y bwrdd yn awdurdodol.

"*Gentlemen,*" meddai, gyda'i gwrteisi-gwneud hir-brofiadol, "*it seems as though we cannot avoid putting this matter, crucial though it is, to a straight vote. I would prefer to have achieved a concensus, but it seems that isn't possible.*" Gallai fod fel prifathro piwis, diamynedd ambell waith, yn arbennig pan oedd pethau'n mynd yn ei erbyn. Edrychodd pawb arall i lawr ar y bwrdd, fel bechgyn chweched dosbarth wedi cael eu dal yn ymddwyn fel plant bach.

"*Well then, those of us who favour coming to some . . . accommodation with these people, please indicate.*"

Arhosodd yn gondemniol, ac edrychodd ar y dwylo oedd wedi eu codi yma ac acw o gylch y bwrdd mawr.

"*And those who believe we should, on this occasion, refuse to make any gesture at all, take a firm line, call their bluff . . .*"

Edrychodd yn gyflym ac yn effeithiol o gwmpas y bwrdd, a gwenodd yn ysgafn, ddiflanedig.

"*Thank you. Thank you. I think we have come to a wise decision. The time had come, I'm sure, to take a clear stand . . . I would remind colleagues of the principle of collective responsibility . . .*"

Ac yntau bellach wedi ennill am y tro, roedd hefyd wedi adennill ei ddelwedd gyhoeddus. Ef, unwaith yn rhagor, oedd yr arweinydd doeth, gwrthrychol, tadol. Gwenodd yn fyr ar cwmni, cododd, ac aeth allan trwy'r drws. Teimlai ias o foddhad. Roedd hi'n amser iddyn nhw fynd yn ôl at rai o'r hanfodion.

* * *

Cerddodd Martin Freeman yn gyflym ar hyd strydoedd Kensington, a throi i mewn trwy ddrws un o'r bariau coffi plastig, lliwgar, lle'r oedd prysurdeb y bore'n cynyddu'n araf. Aeth i eistedd wrth fwrdd bychan mewn cornel, ac archebu coffi. Pan ddaeth gŵr ifanc mewn côt law i mewn ac edrych o'i gwmpas, amneidiodd Martin arno, a daeth i eistedd yr ochr arall i'r bwrdd.

"*Well* ?"

Ysgydwodd Martin ei ben yn araf.

"*Nothing, I'm afraid. They won't move at all.*"

"*Are they willing to talk ? Is there anything we can work on* ?"

"*No. They won't talk. They won't meet you. They won't budge. I've never seen them like this . . . I'm sorry.*"

Cadwodd Martin ei olwg ar y drws a'r ffenestri wrth siarad, ond edrychodd ar y llall am foment wrth ddweud y geiriau olaf. Ochneidiodd yntau.

"*You know what that means* ?"

"*I know what you've said. What good will it do you* ?"

Edrychodd y ddau ar ei gilydd am foment, yna cododd y dyn mewn côt law.

"*I shall have to talk with my masters. Can we meet again in an hour ? Here* ?" Gwenodd yn denau wrth godi, "*I don't have to tell you not to try to follow me.*"

Eisteddodd Martin ymlaen am funudau hir, yn edrych ar ei goffi'n oeri. Yna cerddodd allan yn araf, cododd goler ei gôt flewog yn erbyn miniogrwydd yr awel, a dechreuodd grwydro'r strydoedd yn ddiamcan. Ambell waith, gallai gredu bod rhyw ystyr i'r gwaith yr oedd yn ei wneud. Ambell waith, fe deimlai bron yn wladgarol. Dro arall, roedd yn mwynhau'r gêm, y gwyddbwyll cymhleth, y gystadleuaeth â'r ochr arall. Ond heddiw, wrth edrych ar y llif wynebau, wyneb ar ôl wyneb yn rhuthro heibio iddo ar berwyl da neu ddrwg, roedd yn anodd darganfod unrhyw ystyr yn unman. Oherwydd penderfyniad a wnaed gan griw o hen ddynion rownd y bwrdd yn Downing Street, roedd rhai pobl tebyg i'r rhain oedd yn rhuthro heibio am gael eu malu'n chwilfriw, heddiw, yfory, rywbryd, yn rhywle. Ond nid oherwydd unrhyw benderfyniad ynddo'i hun chwaith, wrth gwrs. Oherwydd bod casineb mewn dyn, yn ddwfn, ddwfn yn ei galon, a'i fod wedi ei fwydo a'i swcro dros ganrifoedd, o'r naill genhedlaeth i'r llall. Roedd lladd yn anochel, mor anochel â'r gwenwyn sy'n saethu o dafod gwiber pan ddaw dyn ar ei thraws yn y gwellt. Ochneidiodd. Doedd dim byd allai neb ei wneud. Roedd gwyntyll y corwynt wedi chwalu hadau dinistr mor bell ac mor drylwyr, wyddai neb bellach lle bydden nhw'n disgyn. Roedd pawb yn chwarae ei ran anochel mewn drama bypedau ; a phwy oedd yn trafod y llinynnau ? Aeth i mewn i Kensington Gardens, ac eistedd ar fainc yn yr heulwen cyndyn. Thalai hi ddim i ddyn MI 6 feddwl gormod. Ymddiddori yn y gêm oedd y peth gorau i'w wneud. A pheidio â phetruso gormod am achos ac effaith ac ystyron bywyd. Gwyliodd y dail yn disgyn o'i gwmpas, ac edrychodd yn ddall ar blentyn bychan yn lluchio briwsion i geisio denu'r adar.

* * *

Galwodd y gyrrwr ar Huw Edwards o'r car.

"Mae ffrwydrad wedi digwydd yn Oxford Street . . . Newydd ddigwydd . . ."

Aeth Huw'n gyflym at ddrws y car, a gwyro i lawr i wrando ar yr adroddiad. Yna sythodd.

"Dim rhybudd. Ac fe fydd rhagor. Mi allwn ni fod yn siŵr o hynny."

Cerddodd at giât y tŷ, lle'r oedd plismyn o bobtu'r cilbyst, â'u llygaid wedi eu hoelio ar y drws. Parhâi popeth yn hollol lonydd a distaw. Nid oedd unrhyw arwydd o fywyd yn dod o'r lle o gwbl. Onibai am yr un ergyd a daniwyd, fe fyddai pawb wedi cymryd yn ganiataol erbyn hyn eu bod wedi gwneud camgymeriad, eu bod yn gwylio'r tŷ anghywir. Ond fe daniwyd yr ergyd. Roedd plismon mewn ysbyty. Roedd holl fanylion y sefyllfa'n ticio ymlaen ym meddwl Huw fel bom. Yna daeth galwad arall o'r car.

"Un arall wedi mynd off, syr ; mewn siop y tro yma, yn Knightsbridge . . ."

Parhaodd y gyrrwr i wrando, ond ni symudodd Huw o'i safle wrth ymyl y giât. Roedd yn dal i syllu ar y tŷ, ac roedd cynllun yn gwreiddio yn ei feddwl. Doedd dim modd iddo wneud dim ynglŷn â'r bomiau, ond os gallai achub un dyn, dyna oedd ei waith. Achub rhywbeth o'r gyflafan. Aeth ar hyd y wal i'r gornel bellaf, a rownd y tu ôl i'r tŷ. Syllodd unwaith yn rhagor ar amlinellau'r to. Oedd, roedd rhywbeth y gellid ei wneud.

* * *

Roedd Martin Freeman wedi bod yn disgwyl am rai munudau cyn gweld y dyn mewn côt law yn cerdded i mewn. Daeth yn syth at y bwrdd, ac eistedd i lawr. Siaradodd yn dawel, heb edrych ar Martin. "*If your masters will not negotiate the general campaign of bombing now taking place in London, will continue and intensify. But we intend giving one more chance for you to act. In order to show our effectiveness, we intend exploding a bomb in the vicinity of the house where your Minister is kept, sometime today. We shall then leave a breathing-space of twenty-four hours. If the reply is still negative, your Minister will be publicly executed.*"

"*Publicly executed ? What the hell are you talking about ?*"

Edrychodd y llall yn syth i lygaid Martin. "*That is the message I have been asked to convey. Will you please see that it reaches the right quarters.*"

Pennod 35

GWALLGOFRWYDD

CYRHAEDDODD y cŵn fel yr oedd pawb yn eistedd o gwmpas y fferm, a'r shifft nos yn disgwyl shifft y bore i'w rhyddhau. Roedd teimlad o ddiflastod ac o ddiffyg hyder wedi ymestyn dros bawb.

Doedd dim golwg o'r dynladron. Doedd dim golwg o Andrew.

Roeddynt wedi cynnal ambell ymgyrch lugoer i'r mynydd-dir agos, ond heb fawr o obaith am lwyddiant. Yna, fel yr oedd pawb yn eistedd o gwmpas, clywodd Elin y newyddion boreol yn dod trwodd ar radio un o geir yr Heddlu . . .

"*. . . the kidnappers are now totally surrounded at Church Stretton, and police are searching for the Industry Secretary's son, Andrew, in the mountainous country north of Aberystwyth. The Government is still refusing to negotiate in any way with the kidnappers, and are insisting that they surrender unconditionally.*"

Roedd saib byr yn y cyhoeddiad. Yna aeth y cyhoeddwr yn ei flaen, heb fedru celu'n llwyr y cynnwrf yn ei lais.

"*. . . We have just heard that a series of bombings have taken place in London early this morning. The IRA have accepted responsibility for these, and have warned that they will be intensified.*

They have also said that unless the Government is prepared to change its position within the next twenty-four hours, Mr. Merfyn Williams will be publicly executed . . ."

Rhedodd ias o gyffro trwy'r plismyn blinedig, a saethodd y geiriau olaf fel bwled i ymennydd Elin.

Teimlodd wefr ddychrynllyd o golled, o wacter mawr y tu mewn iddi. Roedd y geiriau'n eiriau ofnadwy, oer, yn codi o ddyfnderoedd braw : "*public execution.*"

Beth oedden nhw'n feddwl ? Beth oedden' nhw am wneud iddo ? Torrodd yr argae, a dechreuodd weiddi . . .

"Na ! na ! . . . na ! Beth maen nhw am wneud iddo fe ? Fedran nhw ddim . . . Fedran nhw ddim . . ."

Fe'i hyrddiodd ei hun allan o'r car, a dechreuodd redeg o'r iard, ac ar hyd y ffordd drol yn ôl i gyfeiriad y bocs teliffon, y ffordd, Tal-y-bont, y byd lle'r oedden nhw am ladd Merfyn yn gyhoeddus . . . Rhedodd gan ubain yn hir ac yn anifeiladdd, a'r blanced lwyd yn llifo yn y gwynt y tu ôl iddi, a'i gwallt hardd yn codi ac yn disgyn gyda phob cam. Yna baglodd dros y flanced, a disgynnodd ar ei phedwar yng nghanol y ffordd. Aeth dau o'r plismyn ar ei hôl a'i chario'n cicio a sgrechian a rhegi'r byd i mewn i un o'r ceir. Edrychodd pawb yn ffwndrus, fel pe bai rhywun wedi torri'r rheolau, wedi dwyn emosiwn i mewn i sefyllfa lle ni ellid ei oddef.

"Fe ddylsen ni fod wedi mynd â hi oddi yma ers meitin," meddai'r Arolygydd, fel pe bai'n siarad ag ef ei hun, "ddylen ni ddim bod wedi gwrando arni o gwbl." Edrychodd y ddau blismon oedd yn gorfod gafael yn Elin a'i dal i lawr yn ddisgwylgar arno.

"Ewch â hi i'r ysbyty," meddai, "mae angen *sedative* arni ar unwaith. Fydd hi ddim help i ni o hyn ymlaen . . ."

* * *

Roedd rhai aelodau o'r Cabinet wedi mynnu gweld y Prif Weinidog, ac eisteddai pedwar ohonynt o'i flaen yn ei ystafell ym Mhalas Westminster. Teimlai'n hen ac yn flinedig wrth edrych arnynt. Yn rhy hen bellach i fedru treulio nosweithiau ar ei draed, a bod yn ddigon effro wedyn i gymryd penderfyniadau ben bore. Ac yn rhy flinedig rywsut i ddelio â'r byd cythreulig oedd yn torri'n ddarnau o'i gwmpas.

Ac eto, roedd haearn ynddo. Ambell fore, fel heddiw, fe deimlai'n hen ac yn fregus dros ben, yn llawer hŷn na'i flynyddoedd, ac am funud, neu am awr, byddai'n dyheu am gael y cyfan, am gael bod yn rhydd o'r rheidrwydd i gario cyfrifoldeb gwladwriaeth. Roedd y peth yn rhy fawr, yn rhy ddychrynllyd, i feddwl amdano. Ond wedyn, yn hwyr neu'n hwyrach, deuai'r gwytnwch yn ôl bob amser, yr ystyfnigrwydd gorffwyll a'i cariodd cyn belled â hyn. Fe wyddai beth yn union oedd y bwriad y tu ôl i ragymadroddi'r pedwar, ac nid oedd am ildio. Y Gweinidog Cartref oedd yn siarad :

" . . . *and so it seemed necessary, Prime Minister, that we should at least consider whether this latest statement has any implications we should look at rather carefully* . . ."

Gwenodd y Prif Weinidog yn gwrtais, nodiodd bob hyn a hyn fel pe bai'n gwrando, yna torrodd ar draws.

"*I see no justification for a further Cabinet meeting, gentlemen. The Cabinet has, I believe, taken its decision in the matter. I don't think any further discussion can really change anything* . . ."

Disgynnodd distawrwydd ar y pump am foment, yna dechreuodd rhywun arall estyn y drafodaeth.

"*Things, in a sense, have changed. This threat of a public execution could be very nasty* . . ."

"*What does it mean ? They don't have the means* . . ."

"*Don't forget, the television is there ; you can't get more public than that. They only have to bring him out and shoot him ; you can't get more public than that . . ."*

"*Really, gentlemen . . .*" Torrodd y Prif Weinidog ar eu traws unwaith eto ; roedd y drafodaeth yn symud i gyfeiriad peryglus . . . "*I cannot see that this kind of talk gets us anywhere. We took a decision in Cabinet for certain reasons. Those reasons still stand . . .*"

Symudodd y gŵr oedd wedi bod dawelaf hyd yn hyn. Roedd wedi dadlau yn erbyn penderfyniad y Cabinet. Roedd yn hen gyfaill i'r Prif Weinidog. Dechreuodd siarad, yn dawel ond yn angerddol, ei frest yn dynn, a'i lais yn tywallt geiriau allan yn rhaeadrau ysbeidiol ar ymchwydd ton pob anadl.

"*So we leave the poor bastard to his fate ? Are you sure we'll even profit politically by it? And if we do, will we be able to sleep at nights when we think of it ? Don't we still have some sort of duty to fight for civilisation in a civilised way . . .* ?"

Aeth ymlaen am rai munudau. Dechreuodd meddwl y Prif Weinidog grwydro. Teimlai ei lygaid yn mynnu cau. Fe fyddai'r peth yn rhwygo'r Cabinet yn y diwedd, hwyrach yn dinistrio'r Llywodraeth. Ond roedd yn rhaid dangos i bobl pwy oedd yn rhedeg y wlad. Ac os byddent, ar yr un pryd, yn achos i'r IRA eu harddangos eu hunain ar dir Prydain, yn eu lliwiau mwyaf caled ac annynol, yna fe fyddai hynny hefyd yn fanteisiol. Fe fyddai pobl yn gweld trwy eu llygaid eu hunain, pa mor ddieflig oeddynt.

Doedd dim byd yn debycach o anfon ton anferth o ddicter a ffieidd-dod trwy'r wlad na gweld dyn diymadferth yn cael ei ladd mewn gwaed oer o flaen y camerâu. Piti am Merfyn Williams, wrth gwrs, ond dyna fo, roedd dyn yn derbyn rhai oblygiadau wrth fynd i fyd gwleidyddiaeth, beth bynnag. Roedd dyn yn derbyn mai lles y wladwriaeth oedd y rhinwedd pennaf.

Pennod 36

DIAL

Y TU mewn i'r tŷ roedd popeth yn dawel iawn. Yn yr ystafell ffrynt, roedd y ferch wedi disgyn i gysgu mewn hen gadair fawr, mewn blinder llwyr. Yn ei gell yn y cefn, gorweddai Merfyn yn llonydd ar ei wely, ei lygaid yn llydan-agored, a'i feddwl yn oer. Tipiai'r hen gloc mawr y munudau heibio yn y cyntedd. Eisteddai'r gŵr penwyn ar gadair galed ger y drws, a dryll yn ei law.

Yna rhuthrodd y bachgen ifanc i lawr y grisiau'n ffwndrus, heibio i'r dyn ar ei gadair, ac i mewn i'r ystafell, ar drawiad.

"*The old feller . . . I think he's gone . . . He's blue . . . blue in the face . . .*"

Deffrôdd y ferch ar unwaith, ymysgydwodd, ac eisteddodd i fyny. Dechreuodd y bachgen ailadrodd ei neges.

"*The old man . . .*"

"*I know. I heard you. Right. Let's see.*"

Cododd. Cerddodd o'i flaen allan o'r ystafell, ac i fyny'r grisiau'n gyflym. Aeth i mewn i'r ystafell wely lle'r oedden nhw wedi cadw'r hen ŵr ynghlo. Edrychodd ar y ffurf llipa dan y dillad gwely, y swp o gnawd ac esgyrn. Ei geg yn llydan agored. Croesodd yr ystafell ato, a theimlo'i wyneb. Wedyn cymryd ei byls.

"*No.*" Trodd at y ffenestr, ac edrych trwy gil y llenni ar brysurdeb yr olygfa y tu allan. "*No. He isn't dead. And that only makes things more difficult. Much more difficult.*"

Yna, fel yr edrychai allan, gwelodd ddyn yn cerdded at y giât gyda chorn-siarad yn ei law, dyn ifanc mewn dillad cyffredin. Cododd y corn-siarad at ei wefusau, a dechreuodd wneud ei ddatganiad yn eglur ac yn araf. Atseiniodd y geiriau o gwmpas ei phen yn yr ystafell wely.

"*This is the police . . . I repeat, this is the police . . . you are surrounded and cannot escape . . . If you come out now, it will be best for everyone . . . if you are not willing to come out, I am willing to discuss alternatives with you.*"

Chwarddodd y ferch. Gadawodd y llenni i ddisgyn yn ôl i'w lle, ac edrychodd ar y gwely unwaith yn rhagor. Yna trodd, ac aeth yn ôl i lawr y grisiau, y bachgen Sean ar ei sodlau.

"*You're not going to let him die ? You can't let him lie there and die . . . Poor old bugger, we've got no quarrel with him . . . he's just . . .*"

"*Shut up.*"

Unwaith yn rhagor, roedd y gwrcath ynddi'n fflachio ei ffyrnigrwydd a'i hangerdd peryglus, i wyneb y llall. Unwaith yn rhagor, ciliodd y llall yn ôl o'i blaen. Ond ceisiodd barhau i brotestio :

"*But he's only a poor sod that's been caught up . . .*"

Cododd y ferch ei llaw a'i glustochi'n galed ddwywaith, yn ôl a blaen ar draws ei wyneb, crac-crac ; yna dywedodd yn dawel dawel, unwaith yn rhagor.

"*Shut your face ! It's none of your business.*"

Aeth yn ôl i'r ystafell ffrynt ar ei phen ei hun, a chaeodd y drws yn ei wyneb.

* * *

Roedd hi'n ganol y prynhawn. Eisteddai pedwar dyn mewn car mawr du ym mhen draw'r stryd, Martin Freeman, Prif Gwnstabl yr Heddlu lleol, Huw Edwards, a gwas sifil o'r Swyddfa Gartref a'i fag ar ei lin. Dychwelodd ditectif ifanc at y car, a'i gorn-siarad yn ei law. Safodd y tu allan, yn disgwyl gorchymyn.

"*No,*" meddai dyn y bag, ymgorfforiad o broffesiynoldeb y gwasanaeth sifil yn ei wrthrychedd a'i allu i gadw at ei dermau yn wyneb emosiwn y sefyllfa.

"*No. There is to be no deal. No deal at all. Those are Cabinet instructions.*"

"*Well, then, we can only wait. Watch and wait.*"

Edrychodd y Prif Gwnstabl trwy ffenestr y car ar y dorf ym mhen draw'r stryd. "*And clear the whole area !*"

"*I would say so. This bomb scare must be taken seriously. One never knows. But that's right. Play it cool. Wait. Watch and wait.*"

Rhoddodd y ditectif ifanc ei ben trwy ffenestr y car :

"*There's a message coming from the house, sir ; someone's calling on the car's radio frequency.*"

Neidiodd Huw Edwards a Martin Freeman allan o'r car du, gan faglu ar draws ei gilydd. Rhedodd Huw atynt o'r ceir eraill. Rhoddodd y plismon yn y car y derbynnydd iddo. Clywodd lais merch yn ailadrodd ei neges yn bwyllog :

"*I have a sick man in the house. I am prepared to release him as long as I have a guarantee that no attempt is made to free our prisoner . . . I have a sick man . . .*"

Edrychodd Huw ar Martin, a rhoddodd y derbynnydd iddo. Gwrandawodd yntau, ac yna gosod y derbynnydd i lawr.

"*Damned efficient,*" meddai. "*If she can transmit to us from in there, she can transmit to her masters. She isn't as isolated as we thought . . . and that means, my God, do you know what that means* ?"

Trodd ar ei sawdl, a rhedodd at y car arall, gan ddweud rhywbeth yn frysiog ac yn bendant. Gwelodd Huw drafodaeth frwd a chyflym yn digwydd yn y car. Yna rhedodd Freeman yn ôl, heibio iddo ef yn y car, a draw at y plismyn ar ben draw'r stryd. Ac yna, fflachiodd y gwirionedd ar Huw hefyd. Ond doedd dim allai ei wneud. Dim byd ond disgwyl. Gwaeddodd ar ôl Freeman :

"*What about the message? What do we do . . .?*"

* * *

Eisteddai'r ferch wrth y trawsyrrydd radio yn yr ystafell gefn. Dechreuodd ei bysedd dapio ar y bwrdd o'i blaen. Llwyddodd i gadw'n weddol ddigynnwrf, ond roedd cwmwl du o fraw yn pwyso arni ar hyd yr amser bellach, ac yn gwrthod symud. Gwyddai fod cylch o ddinistr na ellid ei atal wedi cychwyn ar ei daith anochel. Roedd fel dyn yn rowlio carreg i lawr ochr mynydd ; dechreuai'n araf, yna cyflymu, yna cychwyn cerrig eraill ar eu ffordd, ac yn y diwedd roedd mor gyflymberyglus â bwled.

Ni allai wneud dim ond gwylio. Gwylio a brawychu wrth weld y canlyniadau. Yna, fel yr eisteddai yno, clywodd sŵn y ffrwydrad yn diasbedain ymysg y tai. Clywodd sŵn rhywbeth yn disgyn yn y stryd. Ac yna clywodd sgrechian a gweiddi. Parhaodd i eistedd yn llonydd, lonydd wrth y bwrdd, heb unrhyw arwydd o emosiwn ar ei hwyneb.

*   *   *

Safodd Huw Edwards wrth ddrws ei gar, ac edrych mewn anneall llwyr ar y gyflafan ym mhen draw'r stryd. Gorweddai Martin Freeman yn llonydd wrth ymyl y fan lle safai unwaith y barier pren du a gwyn Roedd dau blismon ifanc wedi eu lluchio'n ddiymadferth ar draws y pafin, a'r barier ei hunan wedi ei falu'n chwilfriw. Roedd darn ohono wedi ei gladdu yng nghoes un o'r gwylwyr, a gwingai hwnnw, gan droi a throsi yng nghanol y lôn, a sgrechian yn rheolaidd ac yn annaearol Edrychai rhai o'r gwylwyr eraill ar y cyfan a ddigwyddodd gyda'r un sioc ag a ymddangosai ar wyneb Huw. Rhedai eraill i ffwrdd nerth eu traed. Yna dechreuodd Huw redeg at ben y stryd.

"Y *bastards* !" meddai wrtho'i hun yn uchel, "y *bastards*, mae'n nhw wedi gwneud y peth heb rybuddio neb !"

Pennod 37

Y CARCHARORION—A GWENDID

UNWAITH y diflannodd Elin yn y car i gyfeiriad yr ysbyty, ac unwaith y cyrhaeddodd y cŵn, gan halio a straenio ar eu strapiau lledr, dechreuodd yr ymgyrch brysuro. I ddechrau, ymffurfiodd y plismyn yn llinell hir wrth ymyl y ffermdy, a chychwyn i'r dwyrain dros y drum, a'u hamlinell yn glir yn erbyn awyr goch yr hydref. Aeth y cŵn ar y blaen gyda'u gofalwyr, yn tynnu'n gryf, nawr i'r cyfeiriad yma, nawr i'r cyfeiriad arall, gan ddilyn pob mân aroglau, nes gorffen mewn twll cwningen, neu yn yr aml byllau a ffosydd llawn a ffurfiodd dros nos yn y corstir gwlyb yn ystod yr hydref glawog hwnnw.

Dyna oedd y prif anhawster. Roedd gormod o lawer o ddŵr o gwmpas i'r cŵn fedru dilyn unrhyw drywydd ymhell iawn. Gellid eu gweld yn gwibio'n bendant ar y gorwel, yna'n aros, a'u ffroenau'n blasu'r gwynt, yn troi yn eu hunfan, yn troelli o gwmpas ei gilydd, eu greddfau'n ddiwerth heb ysgogiad, eu synhwyrau ar goll. Ymhen awr neu fwy, dychwelodd pawb i'r ffermdy. Cychwyn wedyn yr un modd i gyfeiriad arall, yn fanwl, yn brofiadol, ond yn aflwyddiannus.

Arhosodd yr Arolygydd yn y fferm, yn marcio ei fap, ac yn nodi'r lleoedd arbennig y dylid eu chwilio. Erbyn i'r llinell ddychwelyd am y pedwerydd tro heb ddarganfod dim, na dynadron na bachgen ysgol, roedd hi'n amser cynnal ymchwiliadau penodol.

"Wel," meddai'r Arolygydd, "y gweithfeydd mwyn sydd nesaf." Edrychodd ar yr awyr. "Mae gynnon ni ddwyawr go lew o olau dydd. Mi rown ni drei ar y clwstwr yma yn y fan hyn gyntaf. Mi fydd raid i ni ei gadael hi tan y bore wedyn."

* * *

Yng nghell Andrew, roedd yr aer yn dechrau prinhau, a deffrôdd y bachgen o fyrgwsg anghysurus i ymladd am ei anadl. Aeth yn ôl at y geuddrws i roi cais arall ar ei agor. Ond roedd yn rhy wan. Disgynnodd yn ôl ar ei eistedd yn fuan iawn, a phwysodd yn erbyn y wal am foment cyn teimlo'r tywyllwch yn dod drosto. Syrthiodd ymlaen ar ei wyneb yn y pridd, fel coeden yn disgyn.

* * *

Roedd rheoli'r dorf o gwmpas Church Stretton wedi mynd yn broblem fawr. Roedd pawb eisiau cael cipolwg ar y tŷ, ar y stryd, ar y plismyn. Ac nid oedd y bom wedi llwyddo i wneud dim ond ychwanegu at y diddordeb. Pan welodd y modurwyr ar hyd y ffordd o Amwythig y fflyd o ddeg ambiwlans yn rhuthro heibio iddynt, eu cyrn yn canu, a'u golau'n fflachio, ac yna'n gwibio'n ôl i gyfeiriad Amwythig gyda phlismyn ar ddau foto-beic yn clirio llwybr o'u blaenau, cynyddodd y dorf yn y pentref ar unwaith.

Aeth un o geir yr Heddlu o gwmpas yn galw ar i bawb nad oedd yno ar fusnes i adael y pentref, ac yna o'r diwedd gorchmynnodd y Prif Gwnstabl yr Heddlu i gau'r pentref i ffwrdd o'r briffordd yn gyfan gwbl, ac yna clirio'r pentref ei hun yn ofalus, fesul stryd, gan adael y lle'n llonydd ac yn wag. Parhâi'r dorf i aros ar y ffiniau, yn sgwrsio, yn sefyll a syllu i'r cymhlethdod tai ac yn tynnu lluniau.

Yn y stryd ei hun, roedd digon o bobl yn weddill—tri thîm ffilmio, llaweroedd o newyddiadurwyr ar draws ei gilydd, a phlismyn yn gwau i mewn ac allan. Roedd hi'n dechrau nosi, ac nid oedd unrhyw neges arall wedi dod o'r tŷ ynglŷn â'r dyn claf. Dim ond distawrwydd. Bob hyn a hyn fe ddeuai newyddiadurwr, neu ohebydd radio hefo'i feic o'i flaen, i ofyn yr un cwestiynau i Huw yn yr un dull siarp, sbonclyd, oer . . .

. . . Oedd hi'n wir fod ditectif wedi cael ei ladd? . . . oedd yr Heddlu am wneud unrhyw ymgais i dorri i mewn i'r tŷ? . . . oedd hi'n wir fod rhywun wedi marw y tu mewn? Atebodd Huw yn ei hanner-cwsg, gwthiodd ddwy dabled wen arall i'w geg, ac aeth yn ôl at y giât i syllu i mewn.

* * *

Edrychodd y ferch ar yr hen wyneb gwelw a phiws yn gorwedd yn llonydd ar y gobennydd. Edrychodd ar y gwythiennau'n sefyll allan o grepach y llaw ar y gynfas. Safodd y bachgen pengoch wrth ei hochr.

"*He's not going to last. He'll be dead before he gets out . . .*"

"*He isn't going out until it's dark. We stick to the plan. We risk nothing. Right? Stay with him, and let me know if there's any change.*"

Cerddodd yn araf i lawr y grisiau, ac at ddrws ystafell Merfyn. Ceisiodd gadw gwrthrychedd, ond gwyddai fod Merfyn wedi tyfu'n berson iddi. A gwyddai ei bod, wrth ganiatáu i un dyn dyfu'n berson, wedi colli ei gallu i ryfela. Roedd hi'n sicrach nag erioed mai hyn oedd ei dyletswydd—rhyfela yn erbyn y wladwriaeth a barhâi i wrthod rhyddid a chyfiawnder llawn i Iwerddon.

Roedd hi'n etifedd i arwriaeth Pearse a Connolly. Ond roedd amheuaeth wedi dringo i'w meddwl. Wrth glywed y bom yn ffrwydro yn y stryd y tu allan, a chlywed y sgrechian, dechreuodd feddwl am y bobl a glwyfwyd fel bodau dynol, a chaeodd ei llygaid rhag effaith y ffrwydrad. Ac roedd y cyfan wedi dechrau oherwydd iddi ganiatáu iddi hi ei hun i feddwl am Merfyn fel dyn, meddwl am ei lygaid a'i wallt, am ei symudiadau, am ei anadl yn codi a gostwng yn ei frest fel y cysgai ar ei wely cul. Ac eto, roedd hi o hyd yn filwr.

Roedd ganddi ddyletswydd i'w wneud, ac fe fyddai'n ei gyflawni. Ond nid heb ei rybuddio. Fedrai hi ddim ei gerdded allan a'i saethu yfory fel ci neu fochyn, heb iddo gael cyfle i feddwl a wynebu pethau. I wynebu ei Greawdwr ? Chwarddodd. Roedd hi wedi gadael y fath bethau ymhell y tu ôl iddi, gyda'r gweddill o ffolinebau'r hen Iwerddon.

Agorodd ddrws yr ystafell, a cherddodd i mewn. Neidiodd Merfyn oddi ar ei wely. Sylwodd y ferch nad oedd wedi siafio.

"Oes ganddoch chi newydd ? Newydd am Andrew ?"

"Dydw i'n gwybod dim am eich Andrew chi. Pam y dylwn i wybod ?" Roedd y ferch wedi gwylltio gyda'r holl sôn am Andrew. Roedd hynny'n beth da. Haws o lawer fyddai dweud yr hyn oedd gannddi i'w ddweud wrtho.

"Mae'ch Llywodraeth chi wedi gwrthod bargeinio. Wedi gwrthod gwneud dim i'ch helpu chi ."

"Fe ddwedais i wrthych chi eich bod chi'n gofyn yr amhosibl."

"Fy ngorchymyn i ydy eich lladd chi os na fydd y Cabinet wedi newid ei feddwl erbyn yfory." Llwyddodd i edrych yn myw ei lygaid. Edrychodd Merfyn yn ôl. Nid oedd erioed wedi bod yn fyr o wroldeb.

"A rydych chi am ufuddhau i'r gorchymyn ?"

"Does gen i ddim dewis. Mae'n rhaid i mi ufuddhau. Gorchymyn ydy gorchymyn."

Edrychodd Merfyn arni am foment arall, yna trodd ei gefn. Trodd hithau ar ei sawdl, a chychwyn allan. Yna arhosodd am eiliad wrth y drws :

"Fe wyddoch chi, yn gwyddoch chi, fod y ddwy ochr wedi bwriadu i hyn ddigwydd o'r cychwyn ? Offerynnau ydym ni, dyna i gyd. Roedd yn rhaid i'r peth ddigwydd rywdro."

Pennod 38

AGOR Y DRWS

UNWAITH y dechreuodd nosi, agorodd drws ffrynt y tŷ a chlywyd llais o ffenestr llofft uwchben. Gallai'r plismyn weld llewyrch golau yn y cyntedd. Roedd Huw Edwards a Frampton, a ddychwelodd bellach o Lundain, yn hepian ar sedd ôl y car mawr du pan gnociodd cwnstabl ar y ffenestr.

"*Inspector Edwards, sir, Mr. Frampton, would you come to the gate ? Something seems to be happening . . .*"

Aeth y ddau at y giât, a gweld y drws ar agor, a rhywbeth yn gorwedd ar wely yn y cyntedd. Daeth merch i un o ffenestri'r llofft uwchben y drws, a siaradodd yn glir ac yn bwrpasol.

"*If two ambulance men with a stretcher come to the front door in ten minutes time, they may remove the sick man to hospital. They will be covered all the way from the gate, and if they or anyone else tries to do anything silly, they will be shot at once.*"

Caewyd y ffenestr, a thynnwyd y llenni drosti. Yna caewyd y drws hefyd. Disgynnodd tawelwch unwaith yn rhagor ar y tŷ. Edrychodd Huw a Frampton ar ei gilydd, yr un syniad yn rhedeg trwy feddyliau'r ddau. Yna ysgydwodd Frampton ei ben.

"*It's probably genuine. It's all been too much for the old man . . . It's not worth trying anything. They could pick us off far too easily from up there. We'd better go along with it.*"

Aeth y ddau draw at yr ambiwlans a safai'n barod ym mhen draw'r stryd, a gwneud trefniadau gyda'r ddau a eisteddai'r tu mewn yn darllen papurau newydd. Yna syllodd Huw unwaith yn rhagor ar y tŷ, ac aildaniodd y cynllun yn ei feddwl. Siaradodd air neu ddau yng nghlust Frampton, a'i adael i orffen y trefniadau. Cerddodd yn gyflym yn ôl i dŷ Gorrige, ac yna trodd i mewn i'r ardd drws nesaf yng nghysgod y gwrychoedd uchel. Aeth heibio i'r tŷ, ac i'r ardd gefn. Arhosodd yn dawel yno, ar ei gwrcwd yn y dail, yn sbecian trwy'r bylchau mawr yn y gwrych i anialwch gardd Gorrige.

Cyn gynted ag y clywodd y llais yn galw o'r ffenest llofft unwaith yn rhagor, fe'i gwthiodd ei hunan yn gyflym trwy'r gwrych, ac at ochr y tŷ. Yna dringodd yn drafferthus i fyny'r pwt o beipen a arweiniai i do'r cyntedd bychan y tu allan i'r drws cefn.

O do'r cyntedd, gwaith hawdd oedd neidio i fyny ar do'r talcen a ymestynnai'n ôl fel coes y llythyren T o brif doeau'r tŷ. Llechodd yng nghysgod y simnai fawr yn y fan honno, i gymryd ei wynt, ac i ymgyfarwyddo â'i amgylchedd.

* * *

Unwaith yr agorodd y drws eilwaith, rhedodd y ddau ddyn ambiwlans i fyny'r dreif ac yn syth i mewn i'r tŷ. Ymhen dim daeth y ddau allan drachefn, gan gario stretsier yn ofalus. Roedd cerddediad y ddau yn ôl i lawr y dreif mor araf nes achosi i Frampton, a safai'n hollol lonydd wrth y cilbost, i gyrraedd yn nerfus fwy nag unwaith am y dryll yn ei boced.

Ond roedd popeth yn dawel ac yn gaeëdig yn y tŷ, a dilynodd Frampton y stretsier ar hyd y ffordd ac i mewn i'r ambiwlans. Cariodd y ddau eu bwndel yn broffesiynol ofalus, a'i lithro i mewn i'r tu ôl yn llyfn ac yn ddidrafferth. Aeth meddyg i mewn ar unwaith, a dechrau archwilio'r hen ŵr dan ei flanced. Cododd yn fuan, ac ysgydwodd ei ben ar Frampton.

"*I'm afraid it's too late. He's gone.*"

Gwyliodd y plismon y meddyg yn cerdded i ffwrdd at ei gar, y dynion ambiwlans yn cau'r drysau, ac yn mynd rownd i'w seddau, yr ambiwlans yn murmur ei ffordd i lawr y lôn, ac i'r llif trafnidiaeth y tu draw i'r plismyn yn y pellter. Yna trodd, a cherddodd yn ôl at y tŷ, ei het yn solet am ei ben, coler ei gôt law wedi ei throi i fyny, yn syth fel pocer, ymgorfforiad o'r ditectif rheolaidd, propor, wrth ei waith.

* * *

I fyny yng Nghefn-brain, roedd yr hydref yn oer. Bob nos, ar wahân i noson y storm fawr, roedd barrug trwm bellach yn wyn ar y manwellt, ac edrychai William Rowlands allan ar y byd o'i ystafell wely yn betrus. Clywai'r newyddion ond erbyn hyn roedd cen o ddiffyg teimlad wedi disgyn dros bopeth a glywai. Roedd y plismon ifanc yn parhau i fyw yn y tŷ, ac i fod yn rhan o'r teulu. Ond doedd William ddim yn ymwybodol o unrhyw berygl. Yma, yng Nghefn-brain, roedd y cyfan rhywsut yn perthyn i fyd ffantasi llwyr. Ond am un elfen yn y sefyllfa. Roedd Andrew'n fyw yn ei feddwl trwy oriau'r nos. Andrew allan ar y mynydd agored yn yr oerfel. Andrew ar goll yn yr elfennau. Edrychodd allan ar ei fynydd ei hun, a cherddodd yn drwm i lawr y grisiau, lle'r oedd Margaret a'i chefn ato yn siarad ar y ffôn. Rhoddodd ei llaw dros geg y teliffon, a throi ato.

"Maen nhw wedi mynd ag Elin i'r ysbyty yn Aberystwyth. Mae hi'n reit ddrwg . . ."

Edrychodd ar William yn ymbilgar, ac aeth yntau ati, rhoi ei fraich amdani a'i tynnu'n glós ato.

"Mi fydd hi'n olreit, mi gei di weld, ar ôl gorffwys tipyn, ac anghofio'r hen fusnes 'ma . . ."

Tynnodd hithau i ffwrdd oddi wrtho, ac ysgwyd ei phen.

"Does dim anghofio i fod, William bach. Fedrwn ni byth anghofio peth fel hyn."

Safai'r plismon yn eu gwylio. Roedd wedi llwyddo i gadw'r newydd diweddaraf am Merfyn oddi wrthynt hyd yn hyn, ond yn hwyr neu'n hwyrach fe fyddai erchylltra'r cyfan yn chwalu'r llonyddwch oedd yn amgylchynu'r ddau ar hyn o bryd, a Duw a wyddai beth fyddai'r effaith arnynt wedyn.

* * *

Llusgodd pawb yn ôl yn flinedig i'r ffermdy ar ôl archwilio'r clwstwr cyntaf o adeiladau yn y gwaith mwyn agosaf. Gwnaeth yr Arolygydd sgwâr bychan taclus gyda'i bensel ar ei fap, a'i scriblo allan wedyn. Ochneidiodd. Daeth Rhingyll mawr i fyny ato, dyn solet, tew, gyda mwstas du, a thric o godi ei aeliau'n sbonclyd wrth siarad.

"Mae'r bois yn fodlon cario 'mlaen am dipyn, syr, os cân nhw *tea-break* bach yn gyntaf. Dydan ni ddim yn teimlo y dylan ni stopio rwan. Mae hi'n uffernol o oer iddo fo dreulio noson arall ar y mynydd 'ma . . ."

Trodd yr Arolygydd yn flinedig i edrych arno. "Fyddwn i ddim callach o grwydro'r mynydd 'ma yn y nos," meddai, "lampau neu beidio, mae gormod o gorsydd, ac fe allai fod yn rhywle."

"Beth am yr hen *works* eraill, syr, fe allen ni gael trei ar y rheini ?"

"Wel, reit-o ; mi rown ni drei ar y rheini. Ond rhoi'r gorau iddi am y nos fydd y peth gorau wedyn."

Edrychodd yntau ar y llethrau'n tywyllu, a'r sêr oer yn dechrau ymddangos yn yr awyr. Cerddodd y Rhingyll yn ôl at y plismyn eraill. Roedd trymder anobaith yn gorwedd dros bawb.

Pennod 39

TYWYLL NOS

ROEDD hi'n ganol nos. Nid oedd William Rowlands yn medru cysgu. Cododd o'r gwely dwbl, a gwthiodd ei draed i'w slipars carpiog. Cydiodd yn ei hen gôt fawr, a cherddodd yn bwyllog i lawr y grisiau. Roedd Eifion yn pendwmpian wrth y bwrdd yn y gegin, a'r papur lleol o'i flaen. Ysgydwodd ei ben, a chodi ar ei draed.

"Paned ?"

"Ia wir, was. Rhywbeth i basio'r amser. Fyddi di byth yn mynd i dy wely, dŵad ?"

"Does dim rhaid i mi godi cyn gynted â chi, Mr. Rowlands. Ydy Mrs. Rowlands yn cysgu ?"

"Ydy, ydy, mae'r hen bils na'n 'i gosod hi'n fflat ar y gwely. Fel tasa hi wedi marw."

Aeth William at y drws, ac edrychodd allan i'r nos. Roedd hi'n dawel, yn oer ac yn serog. Cyn lleied o amser oedd wedi mynd heibio er pan fu'n sefyll yno'n disgwyl Merfyn o Aberystwyth. Yn ei ddisgwyl yn eiddgar. Roedd popeth wedi chwalu o'i gwmpas er hynny. Ac eto, yma ar y mynydd, yma yng nghegin Cefn-brain, roedd pethau'r un fath yn union ag yr oedden' nhw'r noson honno.

O ddydd i ddydd, roedd yr hydref yn dyfnhau, y lliwiau'n gyfoethocach, ond roedd hi'n anodd credu fod unrhyw beth anghyffredin wedi digwydd. Trodd William ei gefn ar yr oerni, ac edrychodd ar ysgwyddau cryf yr hogyn ifanc, wrthi'n paratoi cwpaned o de wrth i sinc. Onibai am y siwt plismon, gallai fod yn was bach, yn gyhyrog ac yn gartrefol ar aelwyd Cefn-brain. Roedd pobol wedi cael eu lladd, bomiau wedi ffrwydro . . . Ysgydwodd ei ben, a chymerodd y cwpan poeth. Pa bwrpas ceisio meddwl am y fath bethau ?

* * *

Roedd hi'n ganol nos. Gorweddai Andrew'n sypyn llac a llipa yn y gornel. Ambell waith, fe deffroai'n ffwndrus, ac edrych yn ddifater rhwng amrannau trwm ar ei guddfan. Yna fe suddai'n ôl i'w drwmgwsg. Bellach, doedd o ddim yn cofio ble roedd e, na pham roedd e mor flinedig. Fe wyddai nad oedd dim angen na dim modd iddo symud. Roedd y boen yn ei frest, a'r trymder diffrwyth yn ei goes, ymhell i ffwrdd rywsut . . . ymhell i ffwrdd.

* * *

Roedd hi'n ganol nos. Gorweddai Merfyn ar ei wely'n ceisio sylweddoli na fyddai ddim yn bod erbyn nos yfory. Doedd wynebu sicrwydd marwolaeth ddim yn bosibl. Heno, roedd yn gorwedd fel arfer ar wely digon cysurus mewn ystafell gynnes. Roedd wedi gwisgo'r dillad nos a roddwyd iddo yno o'r dechrau. Roedd wedi ymolchi, a theimlo'r farf galed ar ei en. Ond yfory, fe fyddai'n gorff oer.

Fe fyddai'r pethau hyn i gyd yn ddiystyr. Gorweddodd dan y dillad, a chryndod ofn dwfn ac aflywodraethus yn cerdded drosto. Yna neidiodd i fyny, rhedodd at y drws, a dechreuodd guro a gweiddi. Gweiddi unrhyw beth. Gwneud stŵr. Dangos ei fod yn fyw. Ei fod am ymladd am ei fywyd. Curodd a churodd nes llithrodd yn araf i'r llawr mewn blinder cwmpasog, llwyr . . .

Roedd hi'n ganol nos. Clywodd y ferch y stŵr o ystafell Merfyn, yno lle'r oedd hi'n eistedd wrth yr hen fwrdd gwyn yn y gegin, gyda'r ddau ddyn, a chardiau a diodydd o'u blaen.

Daeth cwestiwn i wyneb Sean, y bachgen pengoch. Ysgydwodd y ferch ei phen heb ddweud dim. Cystal iddo gael gwared â'r ffit oedd arno. Hwyrach y cysgai wedyn, mewn blinder. Llawn cystal iddo gysgu . . .

* * *

Roedd hi'n ganol nos. I Elin, roedd popeth yn goch ac yn wyrdd yn ei phen, popeth yn troi ac yn troi ac yn troi, Andrew a Merfyn a'i thŷ yn Llundain, Cefn-brain a theithiau maith yn ei char, dros fynyddoedd diddiwedd. Chwarddodd yn uchel, yn hir ac yn uchel. Doedd dim byd yn gwneud synnwyr. Doedd dim byd yn wir. Breuddwyd ffôl, rownd a rownd a rownd, oedd bywyd i gyd. Chwarddodd, a chlywodd ei chwerthin yn atsain o gwmpas yr ystafell fawr lle'r oedd hi'n gorwedd . . .

* * *

Roedd hi'n ganol nos. Nid oedd Huw Edwards yn hoffi aros mewn gwestai. Ond bellach roedd yn ceisio cadw'n gynnes yng nghysgod y simnai ac yn dyheu am y gwely cysurus a gadwyd ar ei gyfer i lawr yn Church Stretton yn rhywle. Edrychodd ar y lleuad yn sgleinio'n galed ar y to, a diawliodd yr ysbrydiaeth a'i hanfonodd i'w frig. Ond roedd wedi seilio'i weithredoedd ar ddamcaniaeth bendant iawn ynglŷn â'r hyn oedd ym mwriad y ferch galed a welodd o ffenestr y lofft. A rhaid oedd glynu wrth y ddamcaniaeth honno. Dyna bellach oedd unig obaith Merfyn Williams. Pwysodd yn ôl yn erbyn y simnai, a setlodd i lawr i aros . . .

* * *

Roedd hi'n ganol nos, ac yn Llundain roedd y Prif Weinidog yn cysgu'n drwm. Ymfalchïai yn y ffaith nad oedd yn cael unrhyw anhawster i gysgu, beth bynnag oedd yr amgylchiadau Roedd cwsg cyson yn angenrheidiol i wleidydd llwyddiannus . . .

* * *

Clywodd y ferch y sŵn yn ailddechrau yn ystafell Merfyn, a chododd yn sydyn o'r bwrdd, gan luchio'r cardiau i lawr.

"*You carry on. I'm going to see what the hell he thinks he's doing . . .*"

Aeth draw i ystafell Merfyn ar hyd y coridor hir ac agorodd y drws, gan daro Merfyn i'r llawr wrth wneud hynny. Gorweddodd ar y carped, yn llefain. Erdychodd hithau arno'n ddiddeall. A fyddai hi'n debyg o ymddwyn fel hyn dan yr un amgylchiadau ? Yn debyg o ymlusgo ar lawr fel ci newydd ei guro ? Trodd oddi wrtho, a cheisiodd ddweud rhywbeth perthnasol.

"Does dim pwynt mewn bod fel hyn . . . Does dim byd y gellir ei wneud . ."

"Fedrwch chi ddim gwneud . . . Fedrwch chi ddim . . . rydw i eisie byw . . . dydw i ddim eisie marw . . . plîs, plîs, dydw i ddim eisie marw ! . . ."

Disgynnodd o'i blaen yn fôr o ddagrau, yn storm o brotest ac ofn. Aeth hithau ar ei gliniau ar drawiad, a gafael ynddo, a'i siglo'n ôl a blaen yn ei breichiau.

"Sh . . . sh . . . peidiwch, peidiwch . . . sh, dyna fe, dyna fe . . ."

Distawodd Merfyn fesul dipyn, a gorweddodd yn llipa yn ei breichiau. Gafaelodd hithau'n dynn ynddo, a'r dagrau'n llifo'n ddisylw i lawr ei gruddiau. Roedd y ddau'n un yn eu teyrnged i ogoniant bywyd. Cododd Mertyn ei ben o'r diwedd, ac edrych arni. A gwelodd dynerwch y Gorllewin yn rhywle y tu hwnt i'r caledi.

Cododd yn araf ar ei draed. Gwthiodd ei wallt tonnog yn ôl â dwylo diamynedd. Ceisiodd ymddiheuro.

"Mae'n ddrwg gen i . . . doedd dim esgus . . . dim rheswm yn y peth . . ."

Ysgydwodd hithau ei phen. Edrychodd arno'n hir ac yna cododd ar ei thraed.

Pennod 40

CAU PEN Y MWDWL

Rywbryd ar ôl gadael ystafell Merfyn y penderfynodd y ferch beth i'w wneud. Yn gyntaf, roedd yn rhaid gwneud yn sicr fod y cynllun blaenorol yn eglur ym meddyliau'r ddau arall. Galwodd arnynt i ddod i mewn i'r ystafell ffrynt, lle'r oedd y bachgen wedi cadw tân glo i fynd trwy gydol yr amser, nos a dydd, a lle roedd e'n awr yn crasu bara ar fforc bres hen-ffasiwn. Daeth y llall i mewn o'r cyntedd, ei ddryll yn ei law.

"*All right. Let's be clear about it. When it gets light, we take him out and shoot him. Then we give ourselves up. Those are our instructions.*"

Edrychai'r bachgen ifanc yn welw ac yn ansicr, ond doedd dim emosiwn ar wyneb y llall. Nodiodd yn dawel, a rhwbiodd ei wn yn anymwybodol.

"*It is vital that we give enough time for the cameras to see us, but that as soon as they do, we get it over quickly. So your job, Sean, is to cover the gate, and shoot at people's feet if they look like trying to interfere.*"

"*Who does the shooting*?" Roedd y llall yn ceisio cuddio ei awydd i wneud y gwaith. Atebodd y ferch yn syth.

"*That is my job. Your job is to cover around the sides of the house in case they've sent someone there during the night to jump us when we come out. Is that quite clear*?"

Gwyddai nad oedd dim achos poeni ynglŷn â'r bachgen pengoch. Unwaith y gwelai ei bod hi wedi newid ei meddwl, fe fyddai'r bachgen yn falch o luchio'i arfau, a rhoi'r gorau i'r cyfan. Ond nid felly'r llall. Bellach, fel tonnau'n torri drosodd a throsodd, roedd casineb at bopeth y bu raid iddi ei wneud yn ystod y blynyddoedd diwethaf yn golchi drosti. Roedd yn anodd sylweddoli nad oedd ei theimlad newydd ddim yn gwbl amlwg ar ei hwyneb. Ond roedd wedi dysgu gwersi twyll a thrais yn drylwyr yn ei dydd, a gorffennodd ei gorchmynion i'r ddau yn ei dull oer, effeithiol arferol. Yna trodd i ffwrdd.

"*I'm going for a little rest,*" meddai. "*Knock me up at first light.*"

* * *

O ben y to, gallai Huw Edwards weld y wawr yn llwydo ychydig bach ar y tywyllwch draw i'r dwyrain. Ceisiodd ystwytho'i goesau'n araf, ofalus, y naill ar ôl y llall, a'u rhwbio'n galed â'i ddwylo. Gwingodd wrth deimlo'r gwaed yn cwrsio trwy'r gwythiennau unwaith yn rhagor. Yna dechreuodd symud yn araf ar hyd yr hafn rhwng dau bigyn y to, at bwynt lle gallai weld y cyntedd bychan o flaen y drws ffrynt. Fe'i setlodd ei hunan yn erbyn y to, a thynnodd y dryll bychan o'i boced a chlipio'r bwledi i mewn iddo.

Edrychodd ar y teclyn mewn braw. Unwaith erioed y taniodd ddryll o'r blaen, yn ystod ei wasanaeth yn Llundain. Nid oedd yn sicr o gwbl y gallai daro unrhyw fath o darged. Ond os oedd ei ddamcaniaeth yn gywir, dyna'r unig obaith bellach i Merfyn Williams. Gobeithiai y byddai'n ddigon golau iddo weld ei darged yn eglur. Nid oedd bellach yn amau ei allu i danio. I danio a lladd, os oedd hynny'n angenrheidiol.

Roedd ffrwydrad y bom yn y stryd wrth ei ymyl wedi ei ffyrnigo i ddyfnderoedd ei fod. Nid oedd yn ystyried fod y fath annynoldeb peiriannol yn haeddu byw ym myd dynion. Mewn marwdy yn rhywle yn Amwythig, roedd Martin Freeman, y gellid efallai ei alw'n filwr, yn gorwedd ochr yn ochr â phobl na fu ganddynt unrhyw gysylltiad â gwleidyddiaeth na'r gyfraith erioed, hyd nes i'r corwynt eu taro'n ddirybudd ac amddifadu teuluoedd a chyfeillion, ar drawiad. Gafaelodd yn y dryll, ac fe'i setlodd ei hunan i ddisgwyl.

* * *

Am hanner awr wedi pump, daeth bloedd o gyfeiriad y tai gwaith, lle'r oedd yr Arolygydd yn gallu gweld goleuadau'r lampau'n wincio o bryd i'w gilydd yn y pellter wrth grwydro o furddyn i furddyn. Eisteddodd i fyny yn sedd flaen y car, lle'r oedd yn disgwyl newyddion ar y radio, ac agorodd y drws a chlustfeinio ar y llais yn dringo'n wan trwy'r tywyllwch.

"*The dogs* . . . y cŵn . . . mae nhw wedi cael gafael ar rywbeth . . . mae rhywbeth yma . . ."

Rhedodd yr Arolygydd i gyfeiriad y llais, a rhyw obaith gorffwyll yn ei orfodi i fod yno, i weld, fel pe bai ei bresenoldeb corfforol yn gallu gwneud gwahaniaeth i'r canlyniad. Baglodd ddwywaith neu dair ar y llwybr anwastad, ond bwriodd yn ei flaen. Yna arhosodd yn sydyn yn ei unfan.

Gwelodd y Rhingyll mawr a fynnodd barhau'r ymgyrch trwy'r tywyllwch yn cerdded tuag ato â bwndel llac yn ei freichiau. Cerddai'n araf, fel un mewn angladd. Wrth iddo ddod yn nes, gwelai'r Arolygydd goesau'n dawnsio'n bypedol i rithm camau mawr y plismon, a'r pen yn pwyso'n llac yn erbyn ei ysgwydd. Ceisiodd ofyn ei gwestiwn, ond methodd ddweud dim. Cerddodd y Rhingyll heibio iddo.

"Fe fyddai awr arall wedi gwneud y gwahaniaeth," meddai, "mae e'n dal yn gynnes, y creadur bach."

Pennod 41

Y TERFYN

Aeth y ferch i mewn i ystafell Merfyn ychydig lathenni o flaen y ddau arall. Roedd yn sefyll wrth y drws yn eu disgwyl, yn welw ond yn dawel. Cyn gynted ag y cerddodd i mewn, daliodd y ferch ei lygaid a lleisiodd un frawddeg yn dawel ac yn eglur yn ei wyneb cyn i'r ddau arall ddod i mewn.

"Cyn gynted ag y dywedaf i, '*Now*', rhedwch am y giât."

Diflannodd y syndod o lygaid Merfyn Williams mewn eiliad. Erbyn i'r ddau ddyn gerdded i mewn, roedd ei wyneb yn ddifynegiant. Trodd hithau atynt.

"*Right. Let's get him out. And let's get it over quickly.*"

* * *

Roedd hi'n olau dydd. Y tu allan i'r giât, roedd yr adar corff i gyd wedi ymgasglu. Edrychai Frampton arnynt gydag atgasedd. Er iddo hen galedu i anghenion ei swydd, ac i chwilfrydedd di-ben-draw y cyfryngau torfol, roedd y cynnwrf a'r mwynhad—roedd yn rhaid ei alw'n fwynhad—a redai trwy'r dorf newyddiadurwyr a dynion camerâu yn codi cyfog arno. Roedd y geiriau "*public execution*" wedi ysgogi rhyw ddiddordeb iasol, hollol newydd i Frampton. Roedd llawer o'r newyddiadurwyr wedi diosg yn llwyr eu crwyn caled arferol ; ymddangosent mor eiddgar-flysiog â phlant yn disgwyl te parti.

Roedd rhywbeth anifeilaidd o gwmpas y cyfan. Erbyn hyn, a hithau wedi dyddio'n llawn, a phob camera wedi ei arfogi'n barod, roedd y tyndra'n annioddefol. Dechreuodd un o'r newyddiadurwyr chwibanu'n nerfus rhwng ei ddannedd, ac fe drodd pawb fel un dyn i'w ddistewi. Roedd llygaid pob un wedi eu glynu wrth y drws. Edrychodd Frampton ar ei wats, gweithred nerfus, otomatig. Roedd hi'n saith o'r gloch. Pan ddaeth sŵn y radio'n galw o'r car agosaf, roedd fel ergyd o wn. Aeth Frampton ato, a gwrando am foment. Yna daeth yn ôl at y twr wrth y giât.

"*Message from the hospital at Aberystwyth. As was feared I'm afraid, gentlemen. The boy was dead on arrival.*"

Nid oedd y newydd yn mennu dim ar y tyndra. Ymatebodd un neu ddau yn ffwr-bwt. Ond drws ffrynt y tŷ oedd canolbwynt eu byd, ac nid oedd marwolaethau mewn lleoedd eraill, hyd yn oed marwolaethau plant, am fennu rhyw lawer iawn arnynt ar hyn o bryd.

* * *

Roedd yn rhaid i Huw Edwards ei gadw ei hunan ynghudd, nid yn unig o'r drws, ond yn bennaf o'r giât hefyd. A gwaith anodd oedd cadw'r dryll mewn safle i saethu heb ei ddangos ei hunan i'r dorf. O'r diwedd, clywodd sŵn y drws yn agor. Pwysodd ymlaen, a'i galon yn curo.

Gwelodd ddau ddyn, a'u drylliau'n pwyntio at y dorf newyddiadurwyr, yn cerdded allan oddi tano, ac yna Merfyn Williams, yn welw ac yn syth fel pocer, yn cael ei wthio i sefyll ar stepan y drws. Ble'r oedd y ferch ? Ble'r oedd hi ? Os na ddeuai hi i'r golwg, doedd dim byd y gallai ef ei wneud. Safai'r cyfan yn llonydd fel tablo, am eiliadau hirion, a'r camerâu'n troi—yn union fel drama'n cael ei ffilmio. Am eiliad, cafodd Huw yr argraff orffwyll mai drama oedd y cyfan. Yna daeth y ferch i'r golwg, a dryll yn ei llaw wedi ei bwyntio at Merfyn.

"*Now,*" meddai'r ferch yn uchel, ac fel y dywedodd y gair, pwysodd Huw y triger. Aeth y cyfan wedyn yn wenfflam. Gwelodd Huw gipolwg ar Merfyn Williams yn rhedeg am y giât, a'r ferch yn disgyn ar draws un o'r dynion, ac yna fe'i hyrddiodd ei hun yn ôl yn erbyn y to, a chlywodd fwled yn chwibanu heibio iddo, ac i ffwrdd fel llong-ofod i bellteroedd yr awyr.

* * *

Fel yr oedd hi'n ceisio haearnu ei phenderfyniad i saethu'r dyn wrth ei hochr, fel y cododd yntau ei ddryll y munud y dechreuodd Merfyn Williams redeg, teimlodd y ferch yr ergyd, fel cic anifail, yn ei chefn. Disgynnodd yn erbyn y bachgen pengoch, a daeth düwch mawr dros ei llygaid bron ar unwaith.

EPILOG

CERDDODD Merfyn Williams a William Rowlands gaeau Cefn-brain yn yr haul. Roedd hi'n anodd dweud unrhyw beth. Am wythnosau wedi'r digwyddiad, fe deimlai Merfyn nad oedd dim pwynt mewn gwleidydda mewn bywyd benyddiol o unrhyw fath. Nid oedd Elin wedi dod ati ei hun yn ddigon da i fod yn bresennol yn angladd Andrew, a bu raid iddo gario baich y diwrnod hwnnw ei hunan. Diwrnod o gamerâu a newyddiadurwyr unwaith yn rhagor. Diwrnod gwag, dideimlad, llawn distawrwydd mewnol.

Bellach, roedd Elin wedi dod i Gefn-brain. Ond ni allai wneud unrhyw beth ond eistedd yn y drws yn haul yr hydref, a gweithio fel hen wraig ar y cwilt hen-ffasiwn a roddodd Margaret Rowlands iddi i lenwi ei hamser. Doedd hi'n cofio dim am yr hyn a ddigwyddodd. Roedd y byd i gyd yn llwydni dymunol iddi. Fe ddeuai pethau'n ôl i'w lle yn ei meddwl rywbryd, meddai'r meddygon, ond hwyrach y cymerai fisoedd. A hyd yn oed wedyn, hwyrach mai cymysglyd iawn fyddai ei chof am y gorffennol.

Roedd cof Merfyn am y cyfan yn llawer rhy glir. Wrth gerdded y caeau gyda William Rowlands, a cheisio ymgolli yn harddwch yr hydref ym Meirionnydd, teimlo crinder y dail dan ei draed, a murmur y ddaear o'i gwmpas, disgleiriai o hyd o flaen ei lygaid y fflach o hiraeth a welodd yn nyfnderoedd enaid y ferch a'i carcharodd, a'r ymchwydd sydyn o dynerwch a ddangosodd yn nhywyllwch y nos. Fe âi'n ôl at ei waith yfory neu drennydd, ac fe ddechreuai olwynion y peiriant droi unwaith yn rhagor yn ei feddwl. Ond heddiw, yn y gosteg wedi'r storm, roedd llonyddwch mawr yn llenwi'r byd.